可哀想な運命を背負った赤ちゃんに転生したけど、もふもふたちと楽しく魔法世界で生きています！

ひなの琴莉

この作品はフィクションです。
実在の人物・団体・事件などに
一切関係ありません。

可哀想な運命を背負った赤ちゃんに転生したけど、
もふもふたちと楽しく魔法世界で生きています！

CONTENTS

可哀想な運命を背負った赤ちゃんに転生したけど、もふもふたちと楽しく魔法世界で生きています！

プロローグ

きゃあああああ。

ものすごく大きな悲鳴が聞こえ、次の瞬間、強烈な痛みが全身を走った。

でも、あっという間に身体が楽になる。

ふんわりと宙《ちゅう》に浮く感じ。

まるで幽体離脱《ゆうたいりだつ》をしているみたい。

目をゆっくり開くと身体が本当に浮いていて、びっくりする。

見下ろすと私はかなり高い位置にいて、血まみれになって倒れている自分の姿が目に入った。

たくさんの人に囲まれていて、現場が騒然となっている。

なんで、どうして?

何があったか頭の中で整理をしてみる。

それは、ほんの数分前のこと。小さな女の子の帽子がふわりと飛んできたので、取ってあげようとした。

その時、歩道に乗用車が突っ込んできて、逃げようか考える間もなく、吹っ飛ばされた。

あの女の子は大丈夫だったのかなと確認すると、母親らしき女性がしっかりと抱きしめているのが見えた。

あぁ、よかった。助かったみたい。

……もしかして、私、このまま死んじゃうの？

突然、強い力に引っ張られ、もがくけど逆らうことができない。

「い、嫌っ！」

急に恐ろしくなって叫ぶと黒い大きな穴が出現した。

その中は渦を巻いていて、絶対に吸い込まれてはいけないと感じ、腕と足をバタバタ動かすが、抵抗虚《むな》しく吸い込まれていく。

息ができないっ。

し、死ぬぅぅうって、もう死んでるんだっけ？　ん？　今、どういう状態？

そのまま私は暗闇へと身を沈めたのだった。

「森田《もりた》萌乃《もえの》、二十歳。前世、ことりカフェ店員……って、なんで、あなたなのよぉ！」

甲高い声が耳に響いて、目が覚めた。頭痛が激しくて、体がかなり重い。

ゆっくりと瞳を開くと、スラーっと背が高くて、水色の髪の毛を二つに結んで、クリクリとした大きな目の女性が私を見つめている。

うわ、可愛い人。って、一体、ここはどこ？

当たりを見渡すと、薄暗くてすごく広い空間で、可愛い彼女が目の前に浮かんでいた。

「本当はあなたが助けた女の子に生まれ変わってもらう予定だったのに、あなたが身代わりになっちゃったから、こっちとしては予想外だったの。あなた、いつもあの時間帯に歩いてないでしょ？」

早口でペラペラ言葉を並べ、顔を近づけてくる。

「あぁ、たまたま早く目が覚めたので一駅前から下りて歩いてたんです……。運動不足だったんで……」

普段やらないことをしたら、事故に巻き込まれてしまったのだ。

「あの女の子は無事だったんですよね？」

「無事だったよ！　でも、困ったわ、時間がないっ。んーじゃあ、あなたが身代わりに生まれ変わってくれる？」

生まれ変わる？　この人、神様的な存在なの？　でも、神様って雰囲気じゃないけど。

タピオカが好きそうな女子高生に見える。

服装は全身白でレースに覆われていて、それっぽいけど……。

「私、こう見えて女神なの。まだ一年目の新人だから、こういうミスをしちゃうこともあるのよね。お願いっ、困っているから助けて」

手を合わせて必死でお願いされるが、私はこの状況に思考が追いついていない。

やっぱり、私、死んじゃったのかな。これは死後の世界？

三途《さんず》の川とか、お花畑とか見えなかったんだけどなぁ。

なかなか返事をしない私に女神様は、なんとか説得しようとしている。

「可哀想な運命を背負った赤ちゃんが生まれるんだけど、みんな、嫌がっちゃって」

「みんなって？」

「生まれ変わり待ちしている魂よ。人間として生まれることって奇跡なんだけど、最近の魂って新時代なのか、あまり厳しい運命なら生《せい》を受けなくていいとか言うわけ。だから、困っちゃう！」

まさかあの世でそんなことが起きているなんて知らなかった。

「可哀想な運命ってどんな感じなんですか？」

「実は生まれてすぐに母親から捨てられてしまうわ。訳ありの赤ちゃんなの。お願い、あなたしかいない。もう、生まれちゃうっ」

急《せ》かされても、困る。私だってハッピーな人生を送れるならそっちがいい。

萌乃の時は、微妙だったもんなぁ……。

親は小さい頃から不仲《ふなか》で離婚。母と暮らしたけど、新しい父と結婚して私は邪魔者になった。だから、高校を卒業してひとり暮らしをはじめた。

モフモフ動物が好きで動物に関わる仕事をしたいと思っていた私は、ことりカフェにアルバイトとして働くところを見つけた。

カフェでホットケーキとか簡単なお菓子を作るんだけど、私ったらお菓子を作るセンスがなくて、キッチンにはほとんど立たせてもらえなかった。

可愛い鳥さんと過ごす空間は楽しかったなぁ。

どうせ生まれ変わるならのんびりと、のほほーんと生きていきたい。

「ちょっと、お願いっ」

肩をつかんで体を揺すられ、頭がグラグラする。

「その赤ちゃん、超絶美人なの」

「美人でも、可哀想なら嫌です。のんびりと暮らしたいもん」

生まれ変わるまでの魂生活は未知だけど、大変な運命を背負っているなら焦《あせ》って次の人生にいかなくてもいいんじゃない？

女神様が耳元に近づいてこっそり耳打ちしてくる。

「能力を与えてあげるから」

能力？　小説とかで読む展開に私は女神様の目をじっと見つめた。

真剣な眼差しで頷く女神様。

「一つだけじゃ嫌ですよ？」

「特別な能力を与えるのはルール違反なのよ？　バレたら大変なことになっちゃうっ」

「じゃあ、生まれ変わりませーん」

「待って！　わかったわ、二つ！」

この女神様、大丈夫か？　のほほーんと暮らすため、私は何をお願いしようか考えた。

「じゃあ、もふもふ動物に好かれて、美味しいお菓子を作れる能力がほしい」

「オッケー！　時間がないから、行ってもらうわね」

「え、いいの？」

可哀想な運命でも、もふもふと生きていけるならそれでいい。次の人生を楽しんでこよう。

「ちょっと特別な契約だから、前世の記憶を残したまま行ってもらうね。何かあったら私からお告《つ》げするから！」

それって、赤ちゃん転生だよね？　まさか、私がそれを経験するなんて。

「人生諦めないでね。面倒だから早く死のうとしないでよ。人は生きていると大変なことが多いけれど、それだけ強くなれるの。それが人間レベルを上げていく鍛錬だから」

「もし、面倒になって死んだらどうなるの？」

女神様は顔を近づけてきて、ものすごく恐ろしい表情をした。

「もっと、死後の世界で苦しむわ」

「ひぃぃぃ」

「だから、どんなことがあっても、生きることに執着《しゅうちゃく》するのよ！　可哀想な運命だけど、人は自分の力で運命をどうにでも変えられるから、楽しい一生を過ごしてきてね！　引き受けてくれてありがとうっ」

ステッキみたいなのを持った女神様が、その棒をランダムに動かしはじめた。光が現れて文字らしきものを書いている。

「わ……っ」

私の体は宙に浮かび光に包まれる。次の瞬間、強い衝撃が走った。

あ、頭が痛いっ……。た、助けて……！


「ハァ……ハァ……ハァ……」

誰かの腕の中に抱かれているみたい。目を開けたいけれど、開かないよ。

この人、すごく必死で走っている。私の……お母さんかな？

どこを走っているのだろう？　外っぽい。自然の香りがする。草の匂いが鼻を通り抜ける。

　空に鳥さんの鳴き声が響いていて、時折強い風が吹き上げる。

　そんなに走らないで。気持ちが悪いよ……。

「ふぎゃ、ぎゃあああ」

　まじか。走らないでと言いたいのに、赤ちゃんだから泣くことしかできないんだ！

「ぎゃあああ、おぎゃあああ、ぎゃあああ」

「お願い、泣かないで……ごめんね」

　柔らかな声。私、この人の声が好きでめちゃくちゃ安心する。あぁ、やっぱり彼女は私の母親なんだ。でも、どうして生まれたばかりの私を抱いて走ってるんだろう。

　そうか、お母さんに捨てられる運命なんだっけ？

　あ、立ち止まった。ゆっくりと目を開くとまだぼんやりしていて、なんだかよくわからない。外にいる、森っぽいというのは判別できた。

「……ハァ……、ハァ」

　彼女の腕は温かいし、胸が柔らかくて安心する。

　離れたくないなぁ。ずっと、ずっと一緒にいたい。私、この女の人のことが大好きだ。無条件に好きって思う。捨てないで、一緒に暮らしていきたいよ。

「本当に……本当に……ごめんね……。愛しているわ」

しゃがんで地面に布を広げ、そこの上に私を置いた。

え、ちょっと待って！　こんなところに生まれたばかりの赤ちゃんを捨てるの？

この人、正気かっ！

ズズ、ズズッと鼻を啜っている音がする。お母さん、泣いているの？

私もものすごく悲しい気持ちになってきて、力いっぱい泣き喚く。

「ふぎゃあ、ぎゃあああ、ふぎゃあああ」

「……さようなら」

彼女は私の頬を撫でて、その場から去っていく。さようならって、はぁ？

こんな、森の奥に捨てちゃうなんて信じられない！　まじで、勘弁《かんべん》してよ。

動こうとしても、体は自由に動かせない。

顔すら動かそうとしても無理で、瞳をキョロキョロとさせるだけ。

困ったなと思いながらしばらくぼんやりしていると、先ほどよりも視界がハッキリしたかも。手を見るとめっちゃ小さい！　指が細くて、ちっちゃい爪がついてる。

これが今の私のサイズなの？

足とか手をパタパタとさせられるが、指先もグーパーグーパーとできる程度。

こんな状況では一人で生きていけない。だ、誰か……助けに来て。

「うぎゃ、ふぎゃああああああ」

力いっぱい泣いてみるけど、こんな森の中じゃ誰もいないいっつーの。

捨てるにしても、もう少し人がいるところにしてほしかった……。

くしゃくしゃと草を踏みつけて歩いてくる音が聞こえてきた。人？

音のほうに耳を集中させると、狼さんが登場！

でたー！　もふもふだ！　ちょっと待って。

野生の狼さんなんてはじめて見たけど、まさか食べられてしまう？

あっという間に人生終わりの危機を迎えている。

「ぎゃあああ、ふぎゃあ、おぎゃっ」

ゆっくり近づいてきた狼さんと目が合う。ものすごい迫力……。

食べないでくださいっ。

瞳に涙がいっぱい溜まっているけど、ニコッと笑ってみる。赤ちゃんスマイル攻撃だっ！

じぃーっと見つめて動かない狼さん。

身体がかなり大きくて、踏み潰されたら即死だ。私が赤ちゃんだから余計に巨大に見えるのかもしれない。

狼さんは私のすぐ隣に伏せをして、口を開く。

うわっ、た、食べられる！　目をギュッと閉じて、小さなお手々をグーにして身構えた。

ペロン。ペロン。

食わないでくだ……、ん？　違う。舐められている！

目を開くと狼さんは私の体を温めるかのように密着していた。

「うぎゃ？」

「ウォーン」

狼さんの瞳がまるでハートになっているかのようだ。これは、もふもふに好かれる能力が発揮されているのかもしれない！

あぁ、びっくりした。もふもふとした感触がとっても気持ちがいい。

狼さんの一定の呼吸の音が森の中に響いている。これって、お腹にいた時に聞こえるお母さんの心音に似ているかも。

はぁーん、落ち着く。

私、さっきまで萌乃だったのに……薄っすらとお腹の中にいた記憶がある。不思議。

生きていくためにいろいろと考えたいのだが、体力がなんせスーパー少ない。眠くてしかたがないのだ。

真っ裸で寝たら風邪引いちゃいそうなんだけどなぁ……。瞳がとろんとしてきた。

狼さんが大きな口を開いてくるが、恐怖心はもうない。

案の定、狼さんは私を口に咥えるだけ。そのままどこかに連れていかれる。

ノッソリ、ノッソリと歩いていく。

まるでゆりかごの中にいるようで、もう起きていられないよぉ。

「あぁ、うう……っ。んんっ」

寝てもいい？　って聞きたいけど言葉にならないのだ、これが。

そのまま私は眠ってしまった。

＊＊＊

クシュクシュ、シャクシャク。

咀嚼音《そしゃくおん》が聞こえてきて、目が覚めた。真っ裸で眠っていたはずだけど、全然寒くない。

ここはどこなのだろう？

目を動かすと、私は敷き詰められた葉っぱの上に横になっていた。

体の上にも葉っぱをかけてくれている。狼さんがやってくれたのかもしれない。

四匹の大きな狼さんが生のお肉を食べているところだった。お食事タイムか。

そういえば私もお腹が空いた。さすがに生のお肉は食べる気にならないけれど……。

何か飲みたい。喉がすごく乾いた。狼さんたちに通じるかわからないけど、アピールしてみよう。

「うぎゃ、あああ……あーうー」

何か私に飲み物を与えてくださいと言いたいだけなのに、どうしても泣き声になってしまう。私の泣き声にびっくりしたのかビクッとした狼さんが、食事するのをやめてこっちに来てくれた。

「ワオーン？」

やはり私のことを襲おうとする狼さんはいなくて、慈愛に満ちたようなやさしい瞳を向けてくれている。

「ぎゃ、あああ、うぎゃ」

喉が渇きました！

思いがなかなか伝わらずに、狼さんは首を傾げている。

ふさふさと大きな尻尾で私を撫でてきた。

うっひゃーもふもふして気持ちいい。これはレアな体験だ！

でもそうじゃなくて……喉が渇いたの！

なんとか伝わってほしいと思って目をキラキラさせると、狼さんはハッとしたような表情を浮かべた。

いかにも母親というような狼さんが近づいてきて、私の横にゴロンと倒れた。

おっぱいがとても張っている。私に飲ませようとしているのだろうか？

まさか、狼さんのおっぱいをいただくとは思いませんでしたよ。
生きていくために必要なんだ！　おっぱい、いただきます……。
口にミルクを含んでみたら、これ、なかなか美味しい。
赤ちゃんだから、味覚がおかしいのだろうか？　お腹壊しませんように。
狼さんはお腹いっぱいになった私を尻尾で撫でてくれる。
楽しくてついご機嫌よく笑うと、その場には穏やかな空気が流れた。
もふもふに愛されるスキルを手に入れているので、森にいても危ないことはない。
日本にいた時は何かと忙しかったから、のんびり暮らしていこう。

1　イケメン騎士に助けてもらいました

ミルクを飲んで、寝て、もふもふされて……。

私は狼さんに育ててもらってなんとか生き延びていた。

時計もカレンダーもスマホもないからわからないけれど、多分三日ぐらい過ぎたと思う。

時間は二十四時間で計算しているのか、一ヶ月は三十日なのか、どんな周期になっているのだろう。

生肉をムシャムシャ食べていて『うげ……』って思うこともあったけれど、彼らにとっては普通のことなのだ。

もふもふした毛で体を温めてくれたり、私の暇つぶしに付き合ってくれたりしてとてもやさしい狼さんたちだ。私が成長して二本足で歩けるようになったら、親孝行のために体をブラッシングしてあげたい。そんなことを思いながら過ごしている。

今日は、とても天気がいい。裸だけど寒くない。葉っぱって優秀だなぁ。

のんびりと過ごしていると、狼さんらが殺気立ったように急に立ち上がった。

いきなり空気が変わったみたいだけど、どうしたのだろう？

私は動けないので、状況を把握しようと意識を集中させる。

「ぐうううう、ぐるるる」

喉から絞り出したような威嚇する声を出した。誰かがやってきたのかもしれない。

ハンターとか？　それとももっと強い動物？

もふもふスキルは持っているとしても、ちょっと怖い。

「僕は、お前らに悪さをしないから安心してくれ」

若い男の人の声が聞こえてきた。

こちらの世界に来て母親以外の人間にはじめて会う。

狼さんらとのもふもふ生活はさほど苦労はしなかったが、人間として普通の家で生活してみたい。服を着せてほしいし、欲を言えばもう少しふかふかのベッドで寝たい。

私を保護してくれないかな。自分の存在に気づいてもらうために、大きな声を出してみた。

「あぁぁ！」

「ん？」

私の声を聞いた男の人が近づいてくる。

「赤ん坊がいる……！」

彼はものすごく驚いたようで、しゃがんで顔を覗き込んできた。

栗色の髪の毛に、オレンジ色の瞳をしている。服装が騎士っぽい。剣も携帯している。よく鍛《きた》え上げられた体と出来物一つない肌。私が日本にいた頃に読んでいた中世ヨーロッパの恋愛小説に出てくる、イケメン騎士みたい。顔の彫りが深くてすっごくかっこいい。

「あぁ……うっ、あぁ」

なんとか動かせる手と足を使って精一杯アピールをする。

顔の筋肉もまだ上手に動かせないけど、思いっきりニコッと笑ってみた。

固まってしまった彼は、ごくりと唾を飲んだ。

「なにこれ、めちゃくちゃ可愛い……」

頬を桃色に染めて目が細くなっている。自分の着ていた上着を脱いで私を包んでくれた。葉っぱまみれで汚いだろうに、高そうな服を汚して申し訳ない。この騎士さん、超やさしい！

「ウオン……！」

私を抱き上げようとした騎士に、狼さんらが唸り声を上げる。大切に育てていた赤ん坊を取られるのが許せないようだ。

狼さんにアイコンタクトとテレパシーを送ると、人間は人間と一緒にいるほうがいいと理解してくれたようで、距離を取ってくれる。

騎士が私のことをおそるおそる抱き上げたが、抱き方がめっちゃ下手！　違和感ありまくり！　どうか、落とさないでくださいね。

騎士が顔を思い切り近づけてきて、あやそうとしてくれている。

「本当に可愛い赤ん坊だ……。しかも琥珀色の瞳……星形の泣きぼくろ……？」

へぇ。私って琥珀色の瞳をしているんだ。泣きぼくろまであるんだ。

鏡を見ていないから、どんな容姿をしているのかわからない。

「もしかして、お前らがこの赤ん坊を保護してくれていたのか？」

騎士がひらめいたように狼さんに問いかけると、彼らはその通りだというように真っ直ぐにこちらを見つめている。

「そっか。ありがとな。ただこの子は人間だから、やはり人間の世界で生きていかなければな……。この子は連れて帰ることにする」

狼さんから、どんよりとした空気が漂ってきた。

お世話になったので離れるのは寂しかったけど、いつまでも裸で森の中で暮らすわけにはいかない。どこに連れていかれるかは不明だが、まずは人間の世界で暮らすべきだろう。

騎士が歩き出しても、狼さんらが引き止めることはなかった。

楽しいもふもふ生活をありがとう。自由に歩けるようになったらまた会いに来るからね。

上手く手を振ることもできず、抱かれた私は彼らの姿を目に焼き付けて、森を後にした。

しっかりと抱きしめられながら森の中を進んでいく。赤ん坊の抱き方に慣れていない彼の抱き方が不安定で気持ち悪くなってきた。多分、まだ首が据わっていないからだろう。

「でも、なんでこんなところに裸でいたの？」

お母さんに捨てられたからだよ……とは言えずに、ただ彼のことを見つめるしかない。

そのまま歩いて森を出ると、馬が木につながれている。まさか私をこの馬に乗せて帰ろうとしているの？

「ぎゃ、だぁ、う、うーうー」

「機嫌がいいの？　今からいい所に連れてってやるからな」

機嫌がいいんじゃなくて馬に乗りたくないのだ。

自分の体を支えられないの。馬に乗ったら振り落とされてしまうかもしれない。

「でもお前を抱いたまま馬に乗るのはちょっと危険だよな……。どうしようか……」

はぁ、気がついてくれてよかった。

騎士さんは馬の紐を解いて歩き出す。一体どこへ向かうのか？

言葉を話せないのって本当に不自由だ。

しばらく歩いていると舗装されている道に出てきた。そして何やらいい匂いもする。でも私はまだ赤ちゃんのせいかそれを食べたいとは思わない。

人の気配も感じて賑やかな雰囲気だけど、横抱きにされているから空しか見えない。もっと景色を見てみたいのに。

「スッチ、その赤ん坊はどこから連れて来たんですか？」

「おおよかった、マルノスさん！」

突然話しかけられて私はビクッとした。

視線を動かすと騎士の格好をした紺色で短めの髪の毛の、眼鏡をかけた男性が私の顔を覗き込んでいる。

うわ……。この人もイケメンだ。

まだ二人しか見ていないけど、この世界にはかっこいい人しかいないのだろうか？

私のことを抱いている騎士さんはスッチというのか。

オレンジ色の目をした人がスッチさん。

紺色の瞳で丁寧な言葉を話すのがマルノスさんね。覚えておこう。

「森の見回りをしていたら裸でいたんだよ。狼が守ってくれていたみたい」

「……それは、訳ありの赤ん坊なのでしょう」

マルノスさんは顎に指を当てて考え込んでいるみたい。

「しかも、琥珀色の瞳なんだよねぇ」

「……本当ですね」

「それに、星形の泣きぼくろ。まさか森の中にこんなに魔力の強い赤ん坊を置いてくるわけにはいかなくて、連れて来ちゃった」

「そうですか。まずは寮に連れて帰って国王陛下に確認していただきましょうか」

ちょっと待って。今の会話の中で『魔力の強い赤ん坊』というキーワードが聞こえてきたけど、それって私のこと？

私、もふもふと仲よく暮らせることと、美味しいお菓子が作れたら魔力なんていらないよ。

だって魔力とか持っていたら、きっと、色んなことに巻き込まれてしまうでしょう？

二人の騎士は、私の顔を何度も覗き込みながら笑みを浮かべて、寮に連れていってくれた。

「到着したよー」

とにかく大きな屋敷だということは確認できたが、なんせ体が動かせないので全貌《ぜんぼう》がわからない。

緊張しながら固まっていた。どんな人が出迎えてくれるのだろう。

玄関に入った途端、複数人の足音が聞こえてきた。

「ただいまー」

スッチが明るい声で挨拶をする。

「あら、まあ可愛らしい赤ん坊だこと」

メイドの格好をした中年女性が私の顔を見てニッコリと笑っている。

「そんな抱き方だったら赤ちゃんが苦しいじゃないですか。こうやって首を支えて抱っこしてあげるのですよ」

彼女に抱かれると体が安定して、そうそうこれこれと思った。

そこに働いているメイドさんらしき人が集まってきて、あちらこちらから可愛いと声が聞こえてくる。そんなに注目されるとちょっと恥ずかしいんだけど……。

「一体何があったんですか？」

可愛らしい声が聞こえてきて目が合うと、まだ若くてふくよかな女性がブルーの瞳で私の顔を覗き込んできた。茶色の髪の毛を後ろで一つ縛りにしていて、エプロンをしている。

「まあ、赤ちゃん！」

登場人物が多すぎて説明できないほど、たくさんの人集りができてしまった。

「ティナ。この赤ちゃん、裸なんだよ。可哀想だから何かで包んであげてくれないかな？」

スッチが心を痛めているような声でお願いをしてくれた。

ふくよかな若い彼女の名前はティナというのか。

「わかりました。綺麗な布で包んであげましょう」

部屋を移動して、とりあえず体を布で包んでもらえた。

スッチとマルノスがこれからどうしようかと話し合っていると、そこに男性がまた入ってきた。二人はさっと立ち上がって、彼に敬礼をしている。

「騎士団長、お疲れ様です」

「あぁ、お疲れ様。赤ん坊を保護したと聞いてやってきた。この子か？」

「はい」

「はじめまして。サシュだ」

私の顔を見てきたサシュは、赤ちゃんに対しても礼儀正しく名乗ってくれた。

赤っぽい金髪で瞳はルビー色、サラサラのショートヘア男性だ。この人も目鼻立ちが整っていて超絶素敵！

騎士団長は、私の目をじっと見つめて言葉を失っていた。

「これは、見事な琥珀色の瞳だ。ただ、星形の泣きぼくろが厄介だな。この子、女の子だろ？」

どうして、女の子だとダメなのだろう？　何かまずいことでもあるの？

「……グラシェル国王陛下に報告するのですか？」

マルノスがものすごく不安そうな声で騎士団長に質問をする。

森に捨てられていた身内のいない赤ちゃんであれば、孤児院とかに連れていかれるんじゃない？

わざわざ国王陛下に会わなくてもいいよ。孤児院で育ててもらって、大きくなったらもふもふと楽しく過ごすから！

「魔女だと思われないでしょうか？」

マルノスが眼鏡を中指で上げながらつぶやいて、言葉を続ける。

「女性の魔術師をひと括《くく》りに『魔女』と定義してしまうのは、いかがなものかと思いますけど……。女性魔術師の失敗が、尾を引いているためだと理解していますが……」

「たしかに、魔女は悪魔の手先だと思われちゃってるよね」

スッチがマルノスの説明に反応した。

どうやらこの国では魔法が使える女性は、魔女として悪者扱いをされるらしい。

そんな可哀想な運命だったなんて、聞いてないんですけど！

「しかし、琥珀色の瞳は王族の血を引いている証であります」

「あぁ、そうだな」

私、王族の血を引いているの？　それなのに捨てられたって、かなり訳ありな気がする……。

「我らは、王立の騎士団として使命感を持って日々の業務を果たしております。やはりこは、赤ん坊の存在を隠しておくことはできないでしょう」

マルノスの発言はその通りだと思うけど、あまり面倒なことに巻き込まないでほしい。

騎士団長は、マルノスの言葉に深く頷いた。

「その通りだ。どなたのお子様であるか、今はわからないが、王族の血を引いているのは間違いないだろう。早速ご面会していただけるように手配をしてくる」

言い終えた騎士団長が部屋を出ていってしまった。

王族の血を引いているなら、なんで私は森に捨てられてしまったのかな。

お母さんの顔を覚えていれば、喋れるようになったらどんな人が私を捨てたのか伝えることができるのに。生まれたばかりだったから、目がぼんやりとしてあまり見えなかった。

この先どうなってしまうのか不安だったが、私はティナに抱かれていると気持ちよくなってそのまま眠りの世界に入ってしまった。

ガチャガチャ。ドアが響く音がした。

「騎士団長、何で独身の俺が赤ん坊の面倒を見る係になったんですか？」

「ジーク、そもそもここに暮らしているのは独身しかいないじゃないか」

男二人の会話が聞こえてきて、私は目を見開いた。

赤い瞳をしているからこの人は騎士団長さんだ。

もう一人入ってきたようだ。ジークと呼ばれている。

「ジークは副団長だから、この大事な子供を責任持って守ってほしい。明日、国王陛下にお会いして、どのような指示があるかわからないが、それまではしっかりと守る必要がある」

諭《さと》されたジークは、仕方がないというように小さなため息をついて私の顔を覗き込んだ。

黒髪のロングヘアを一つに結び、黒い瞳をしていて、体つきがすごく大きい。

鋭い瞳をしている彼が、私を見た途端すごくやさしい表情になった。

「……可愛い」

「ああ。驚くほど魅力のある赤ん坊だ。どうしてこんなに可愛い子を森に捨ててしまったのか、不思議でならない」

騎士団長は落ち着いた口調で言って、私のことを抱き上げてくれた。

「騎士団長、この赤ん坊の名前は？」

「今は名前すらついていない。可哀想な赤ん坊だ」

そんなに可哀想ってたくさん言わないでよ。

なんだか不安だよ。お母さんに会いたくなってきた。

前世の記憶は大人のままなのに体が子供のせいで心細くなるのかな。

泣きそうになり、声が漏れてきた。

騎士団長が慌てて体を揺らして、お尻のあたりをポンポンとやさしく叩いてくれる。

「お願いだから泣かないでおくれ。明日国王陛下にお会いすることができるから、その後のことは心配しなくても大丈夫だ」

私を落ち着かせようとしてくれる騎士団長を心配させてはいけないと思って、瞳に涙が溜まっていたが、泣かないようにして頑張って笑顔を作った。

騎士団長もジークも目を細めている。

「赤ん坊なのに言っていることがわかっているみたいだ」

「利口な子供ですね」

国王陛下に会えば、私はこれからどこで生活していくか決まることになるだろう。

緊張するけど、なるようになるさ。今日はあまり深いことを考えないでこのまま眠ろう。

「うっ……ふぇっ」

2　国王陛下に名前をつけてもらいました

夜中の間は、入れ替わり立ち代わり騎士が私の面倒を見てくれていたようだ。

朝になりティナが入ってきて、赤ちゃん用の洋服を着せてくれる。

「お下がりだけどごめんね。メイドらが自分の子供に着せていたお洋服を持ってきてくれたのよ」

日本にいた時も古着が大好きだったし、リサイクル最高だと思っている。

洋服を着せてもらったら、ちょっぴり大きかったけれどしっくりとした。

服を着せ終えるとティナは哺乳瓶《ほにゆうびん》でミルクを飲ませてくれる。申し訳ないけどやっぱり狼さんのおっぱいよりもすごく美味しい。

たまらないなと思いながら飲んでいると、そこにスッチが入ってきた。

「おはよう、赤ちゃん。よく眠れたかな?」

私の顔を見ると彼はにんまりと笑みを浮かべた。

「今日も本当に可愛いね」

ミルクを飲み終えた私はニコッと笑い返す。

スッチはハートを射貫かれたような表情をする。それを見たティナは笑いながら、私を肩に乗せて背中をさすり、ゲップを出すような体勢を取ってくれた。

「ゲゴー」

大きなゲップが出てスッチがお腹を抱えて笑う。

「こんなに小さいのに立派なゲップが出るんだな！」

愛《いと》しくてたまらないといったふうに私の頬を人差し指でツンツンと触ってくる。

かなりしつこいので、私は唇を尖らせた。スッチは愉快そうに笑みを浮かべている。

「アハハハ、怒らないでくれ。可愛いなぁ」

そこに他のメイドさんが入ってきた。

「準備ができたようなので、そろそろ出てきてくださいとのことです」

「わかった」

ティナから私を大事そうに受け取ったスッチに抱かれて部屋を出た。

ここの屋敷はどれほど大きいのだろう。長い廊下をしばらく歩いていく。

騎士が住んでいる寮だということを聞いたけれど、どれくらいの人数が住んでいるのかな。

「今日でお前とお別れしちゃうのは残念だな……。どんな美人な女性になるんだろう。あぁ成長する姿が見たかったよ」

私に話しかけてくるスッチに笑みを向けた。

たった一日しかお世話になっていなかったけれど、みなさんいい人たちだった。この人たちなら可愛がってくれそうだし、安心して暮らせそうだなと思っていたのに残念だ。

長い廊下を歩いて玄関にたどり着いた。

外は秋風が吹いていてひんやりしているが、服を着せてもらったので寒くない。

馬車が用意されていて私はスッチに抱かれたままそこへ乗せてもらう。

中には騎士団長も乗っていた。私はこの人にもお世話になったなと感謝を込めて笑顔を向けた。

「赤ん坊、今日も機嫌がよさそうだな」

「キャッ、バッ」

話そうと思ってもやっぱり言葉にはならないが、何か気持ちは伝わっているようだ。

国王陛下に会えるなんてなかなかないチャンスだから楽しもう。

馬車を十分ほど走らせるとあっという間に到着した。どうやら騎士の寮は敷地内にあるらしい。

騎士団長に続いて、スッチに抱かれた私が馬車を下りると、数え切れないほどの護衛が待機していた。

そこに国王の側近がやってきて挨拶を済ませると、私の顔を見てギョッとしたような表情になる。

咳払いをして感情が乱れないようにコントロールしているようにも見えた。あの表情にどんな意味が含まれているのかわからないが、あまりいい気分はしないなぁ……。

国王陛下が待っている部屋に案内されると、重厚な扉の前には警邏がいて物々しい雰囲気が漂っている。

この中に国王陛下がいるのか……緊張するんですけど。

扉が開かれて中に入るよう促され足を踏み入れた。本棚にはたくさんの書類や分厚い書籍があり、応接スペースもある。ここはどうやら、国王陛下の執務室らしい。

「国王陛下、お忙しい中お時間をいただき誠にありがとうございます」

騎士団長が敬礼をしながら挨拶をする。スッチは私を抱いているのでできる範囲でしっかりと頭を下げていた。

国王陛下が近づいてきて目が合う。……うっわ、国王陛下もめちゃくちゃイケメンだ。

綺麗な二重に琥珀色の瞳、サラサラなブロンドヘア。高い鼻と形のいい唇。

白髪混じりのおじさんが出てくるかと思ったのに、とても若い人が現れて驚いてしまった。

「見事な琥珀色の瞳だ……」

低くて貫禄《かんろく》のある声に、やっぱり国の偉い人だと実感する。

「話に聞いていた通りだ。……これほど美しい星の形をしたほくろを見たことがない。きっと強い魔力を生まれながらにして持っているのだろう」

だから、魔力なんていらないんだって……。

「誰の子供か調べればわかるだろうが、なんせ王族の人数は多い。異母兄弟だけでもかなりの人数がいる」

これは私の推測にしかすぎないんだけど、こんなに若い国王陛下がいるということはきっと先代はあまり体が強くなかったのかもしれない。そのために少しでもたくさんの子孫を残せるチャンスをと思って多くの人に子供を産ませたのではないだろうか。

「国王陛下、こちらの赤ん坊は、どのようにいたしましょうか」

騎士団長が緊張を含んだ声で質問した。一体、どのようにされてしまうの……えーん。

「この瞳を見る限り王族の血が流れていることは間違いない。そして女性で魔法が使える人は基本的にはこの国では大きな顔をして生きられないが、この子は生まれながらにして持っている大きな力があるのだろう。国のために役に立つかもしれない。しかし、誰の子供かわからないうちは、王宮で大っぴらに育てることはできない」

「そうなると孤児院に預かっていただくことになるでしょうか？」

騎士団長の言葉にスッチはごくりと唾《つば》を飲んだ。国王陛下は少しの間、思案する。

「騎士寮で育てていくのはどうだろうか？」

まさかの発言に騎士団長は固まってしまったが、すぐに頭を下げた。

スッチを見上げると心なしか嬉しそうに表情を緩めている。

「国王陛下のご提案に意義はございません」

やはり国王陛下はとても偉い人なのだろう。断れる雰囲気ではなさそうだ。

「たくさんの人に可愛がってもらいなさい」

「あーうー」

変なところに連れていかれないことに安心して、私はお礼をいうつもりで微笑んだ。

国王陛下も柔らかな笑みを浮かべている。イケメンの王様の笑顔ってとっても素敵。

キュンキュンしちゃう。

「国王陛下、この赤ん坊には名前がございません」

「そうか……」

「国王陛下へお願いを申すのは大変恐縮ですが、この子に名前を与えていただけないでしょうか？」

「よかろう」

一つ頷いた国王陛下は私の顔をじっと見つめた。どんな名前をつけてくれるのだろう？

ドキドキしながら国王陛下を見つめる。

「エルネット。響きがいいと思わないか？　可憐なこの赤ん坊に似合う名前だと思う」

「素晴らしい名前です。早速この赤ん坊はエルネットと呼ぶことにいたします」

騎士団長が感謝の気持ちを込めたように頭を下げた。

私の名前はエルネット。うん、なんだか可愛らしい名前だ。悪くない。

国王陛下、可愛らしい名前をつけてくれてありがとうございました。

「あー、うー、だーきゃっ」

手足をバタバタ動かしながらお礼をいうと、スッチが私の気持ちを代弁してくれる。

「素晴らしい名前をつけてもらえて嬉しいと喜んでいるようです」

「おお、そうか」

満足そうに頷いた国王陛下に、笑みを浮かべた。

なかなか国王陛下にお目にかかれる機会は少ないので、もっと話をしていたかったが、公務があって忙しいらしく短時間で部屋を出た。

待機していた馬車で騎士寮に戻る途中、スッチは嬉しそうに私をぎゅっと抱きしめる。

「エル、これからもお前と一緒に過ごせるなんて俺は嬉しいよぉぉ」

そんなに強く抱きしめられると苦しいんですけど！　でも、喜んでくれてありがとう。

まるで尻尾をフリフリしている大型犬みたいで可愛いし、私も一緒に過ごせるのは心から嬉しいよ。

「交代制でエルの面倒を見ていこう。ティナの力も借りないとな」

騎士団長は落ち着いた声で言って、私の頬を指の関節でやさしく撫でてくれた。

「うん！　大切に育てよう」

「おい、スッチ。敬語」

「あ、すみませんっ」

呆れたようにため息をついた騎士団長。スッチは肩をすくめている。

「お前は腕がいいのにどうして敬語が使えないんだ？　目上の人に接する時はちゃんと言葉遣いに気をつけること、いいな？」

「はーい」

返事はかなりいいけれど、この人大丈夫かなと私もちょっと心配になってしまった。

騎士寮で育てることを伝えるとみなさん喜んでくれた。

大勢の人に囲まれて『嬉しい』と言って頭を撫でられ、頬をプニプニされる。

オモチャじゃないんだからぁと思いつつも、大切にしてくれることに胸が熱くなっていた。

＊　＊　＊

騎士寮にやってきて二ヶ月。

日中は主にティナが私の面倒を見てくれる。

夜は騎士が日替わりで同じ部屋に泊まってくれることで、落ち着いた。

私はほぼ泣かず、とてもいい子なので、赤ちゃんなのにひとりぼっちにされることが多い。

なんとなく首の筋肉が最近ついてきたような気がする。顔の表情も動かしやすくなってきた。頭を左右に振ることができるようになったので、部屋の風景がしっかりと確認できるようになっていた。

桃色の絨毯《じゅうたん》が敷かれていて大きなソファーとローテーブルが置かれている。

扉はドアノブタイプで、立ち上がって回せるようになるには、少し時間がかかるだろう。

私は基本大きなベッドに寝かされている。まだ自分で寝返りを打つことができないので、囲いなど必要ないと思われているようだ。ベッドに寝ていると窓があり空がちょうど見える。薄い水色のような、灰色のような寒そうな空だ。

大きな木があるけれど、もうすぐ雪が降りそうな季節なので葉はついていない。

もふもふの動物に会いたい。私は前世ことりカフェで働いていたので、鳥さんと触れ合いたくて心がムズムズしている。

たまに種類のわからないカラフルな鳥さんが木の枝にとまって、さえずっていることがある。

カーカー。

お、カラスさん！　自分の存在になんとか気づいてほしいと眼力《がんりき》を送る。すると数羽のカラスが近づいてきた。窓の枠に器用に止まって部屋の中を覗き込んでいる。

「キャ、あー、うー」

カラスといえば嫌われやすい鳥さんだが、私はどんな鳥さんでも可愛く見えてしまう。触りたくて手を伸ばすけれどガラス越しなので触れない。カラスさんが窓をコンコンと叩いてくる。

どうやら、私の気持ちがカラスさんに伝わったようだ。

もふもふスキルが発動しているのかもしれない。

扉が開いて入ってきたのはマルノスだ。ガラス越しにカラスさんが部屋を覗いていることに気がついたマルノスは、血相《けっそう》を変えて近づいてきた。そして、シッシッと払いのけるように手を動かす。

「カラスさん、うちの大切なエル様を狙うなんて許せません」

マルノスは、私のことを『エル様』と言って大切にしてくれる。

カラスさんは人が近づいてきて驚いたようで逃げてしまった。せっかくの動物との対面だったのに残念……。

＊マルノス

少し時間が空《あ》いたため、エル様の様子を見にいくとカラスが狙っているではないか。

カラスも美しすぎて愛らしい赤ん坊に興味を抱いたのだろう。

動物にすら愛されるとは流石である。

慌てて追い払ってから、エル様に視線を移すと、悲しそうな表情を浮かべておられた。

「エル様……、なぜ泣きそうになっているのでしょうか？」

「……あー、うー……」

子供とどう接するべきかわからないが、エル様を抱き上げた。ミルクの香りが鼻腔《びこう》を抜けて幸せな気持ちに満たされる。

うっとりしているとエル様は不思議そうに琥珀色の瞳を向けていた。

可愛すぎて頬が熱くなるのを感じる。

美しい琥珀色の瞳とブロンドヘア。彼女はきっと絶世の美女になるだろう。

王族の血をきっと引いている。王立の騎士団として自分は忠実を貫きたい。

エル様は特別な存在だと思って、接することにした。

もしかして、母親を恋しくなって泣きそうになっていたのか。

残酷だ。なぜ、森に置き去りにしたのか、考えてもわからなかった。

「カラス、怖かったですね」

「うー、あぁ、ぱぁっ」

自分の問いかけに返事してくれているのか、声を出してくださっている。

小さな手、細い指……、柔らかな肌。

「あぁ……赤ん坊の虜《とりこ》になってしまいそうだ……」

ため息交じりにつぶやくとエル様は若干、驚いたような、引いたような冷めた瞳になった。

「そ、そんな顔をなさらないでください。エル様に出会って父親になるのもいいなと……こんな自分に教えてくださり、ありがとうございます」

ニッコリと微笑んでくれ、安堵し、ベッドに寝かせた。

顔を近づけてお腹の辺りをポンポンと一定のリズムを刻んでやさしく叩くと、エル様の瞳がトロンとしてくる。……とんでもなく、愛らしい。

「あら、マルノスさん。エルちゃん泣いてました？」

ティナさんが入ってきて、心配そうに近づいてきた。少しでも時間があれば顔を見に来たいと素直に打ち明けるのが恥ずかしく、曖昧な態度を取ってしまう。

「今は、落ち着いているようです。では」

「そうですか、ありがとうございます」

もう一度、エル様を見てから部屋を出た。あぁ、なんと可愛らしいのだ。熱くなった頬をパンパンッと叩いて、気持ちを切り替えた。

3　ついつい食べすぎてしまいました

コロンコロンコロンコロン。体を動かせるようになってきた。

私がこの世の中にエルネットとして生まれてきてから、そろそろ五ヶ月。

早く成長できるように暇さえあれば手足のトレーニングに励《はげ》んでいたので、寝返りがスムーズにできるようになった。その代わりベッドに囲いをつけられてしまった。

支えがあれば座っていられるようになった。もう少ししたら自力で座位を保てるようになるだろう。

窓から見える大きな木が花の蕾をつけはじめている。春かぁ。

外に出たい気持ちが一段と強くなるじゃん……。春になれば冬眠していた動物たちも元気よく動きはじめるだろうし、あー外に出たいな。家の中にいたら、もふもふの動物と触れ合う機会がまったくない。

ペットでわんことか飼ってくれないかなぁ。

せめて外に出ることができれば、野生の動物たちともふもふできるかもしれない。

誰か散歩に連れていってくれないかな。

探検するにも、体はまだまだ赤ちゃんなので動けない。暇すぎる。

そんなことを考えていると扉が開かれて、ティナと騎士団長が入ってきた。

手にお盆を持っている。ん？　何か食べ物を与えてくれるのだろうか？

ティナがお盆をテーブルに置いてから、私の顔を覗き込んでくる。

「エルちゃん、起きていた？」

「あー、ううー！」

起きていましたよ！　暇すぎて死んでしまいそうだったから、ティナに会えてとても嬉しい！　私は満面の笑みを浮かべた。

「うん、元気そうだな」

騎士団長ったら、今日もとってもイケメンでダンディ！

お盆に乗せてきたのは何なのだろう？　私はまだミルクしか口にしたことがない。

「エルちゃん、そろそろ離乳食をはじめようと思ってね。ご飯を食べてみましょうか？」

「ご！」

やっと食べ物を口にさせてくれるのか！

まあ、赤ん坊だったのでミルクをもらえば十分だったけど、何かを食べてみたいっていう気持ちが最近むくむくと湧き上がってきていた。

私のことを抱き上げたティナがソファーに腰をかける。

どんな料理を食べさせてくれるのだろう？　日本にいた時、異世界物の本を読めば、お決まりと言っていいほど、まずいご飯が出てきた。極端に甘いとか、しょっぱいとか。

木のお皿に入っているドロドロの白いスープ。これは一体何なんだろう。

スプーンですくって、ふーっと冷まして私の口元に運んできた。

お腹が空いていたので躊躇せずに口を開ける。

ほとんど味がしない……仄かにジャガイモ風味を感じるスープだ。

嫌がることもせずに素直に飲み込むと、ティナと騎士団長が嬉しそうに微笑んだ。

「もう一口食べてみる？」

「あっ……うー！」

まあ、離乳食だからこんなもんだろう。めちゃくちゃ美味しくはないけれど、やさしい味がした。

「エルは本当にいい子だな。ちゃんと食べていい子だ」

イケメンすぎる騎士団長が褒めてくれる。頭を撫でてもらうと素直に嬉しい。

「こうやってご飯を食べることができたら、もっとすくすく育ちますね」

「そうだな。成長が楽しみだ」

ご飯をたくさん食べるから、どこかお散歩に連れていってください！

そんな気持ちを込めながら、瞳をキラキラさせて騎士団長を見つめる。

騎士団長は私があまりにも見つめてくるので、恥ずかしくなったのか、耳を赤く染めてゴホンと咳払いをした。

お願い、お外に行きたいの！

「と、ととーたたたーと！」

一生懸命喋ってみるが、騎士団長とティナには一向に伝わらない。

気持ちを理解されず、ものすごく悲しくなって、泣きたくないのに瞳に涙が溜まってきた。

「う、うっ……ふっ……ふぇ……」

ティナが慌てて立ち上がって自分の体を揺らし、リズムを取ってくれる。

「赤ん坊は泣くのが仕事だ。可愛らしいものだ。無事に食事をすることができるのを見届けられたので、俺の任務にあたってくる。じゃあな、エル」

ハンサムな笑顔を向けて私の頭を撫でると、騎士団長は部屋を出ていった。

あーあ……。お散歩の夢絶たれる。残念だ。

ムスっとする私に、ティナがクスクスと笑い出した。

「騎士団長がいなくなって寂しいの？　そうよね、騎士団長ってとてもハンサムだものね」

「う？」

もしかしてティナ、騎士団長にホの字ですか？

たしかに、騎士団長は誰もが認める素敵な男性だとは思うよ。ティナは国王陛下の従姉妹なんでしょ？　身分的にもよさそうだし、二人が並んでいるとお似合いだよ！

私にできることがあれば、二人がお付き合いできるお手伝いをしてあげたいな。なんてね。


一日が終わり真っ暗になり、今日の担当が入ってきてランプをつけた。部屋の中がぼんやりと明るくなる。

私の顔を覗き込んできたのは黒髪ロングヘアで黒い瞳のジークだ。

他の人と来る時はいつも俺様口調で、体が大きいのもあって少し威圧感のある男性であるが、顔つきは整っていてやはり彼もイケメンである。

ジークに笑いかけると、彼が顔をくしゃっと柔らかくした。

「エル、起きてたのか？」

「ああー、うっ！」

部屋にはジークと二人きり。彼は私を抱き上げてソファーに腰を下ろし、自分の膝の上に私を座らせる。

「エル、大きくなりまちたねぇ、どうちて、エルは可愛いのでしゅか？」

……いつもの彼からは想像できない赤ちゃん言葉を連発する。

私は慣れてしまったけれど、他の人がこの姿を見たら驚くのではないだろうか。

キリッとしていて強そうな騎士で俺様キャラなのに。

お酒を飲んで酔っ払っているのか？　鼻をクンクンして匂いを嗅いでみるが、アルコール臭くはない。

「どうちたの？　俺の匂いを覚えておきたいのでちゅか？　お風呂に入って来たばかりだから臭くないでしゅよ。それとも俺からいい香りがするのかな？　もっとクンクンしてもいいでしゅよ」

犬じゃないんだから……。

どうやらジークは、赤ん坊に対しては赤ちゃん言葉になってしまうようだ。

普段とあまりにもギャップがありすぎておかしくて笑ってしまう。

「キャッキャ」

それを私がとても機嫌がいいと受け取ったようで、ジークがさらに顔をくしゃくしゃにした。若くてイケメンな好青年なのに、日本にいた頃の祖父を連想させるほど顔をくしゃくしゃにさせている。

私をソファーに座らせて、転がってしまわないように隣にクッションを置くと、私をつまみにジークはぶどう酒を飲みはじめた。

「あぁ……エルを見ながらの酒はうまい」

持参したドライフルーツのようなお菓子をパクパクと食べている。

うわぁ、お菓子！　甘いものを未だに食べさせてもらったことがない。食べたいな……。

こちらの世界のおやつは、どんな味がするのだろう。

興味津々に目をまん丸にしながらジークを見つめる。

口に入れようとした彼が、私の熱視線に気がついてそのまま固まってしまった。

「もしかして食べたいのか？」

「あう！」

ニッコリ笑って見せると、ジークは困ったように眉根を寄せる。

「離乳食がはじまったばかりでしゅよ？」

「あーうー」

一口だけでいいからなんとか食べさせて！　精一杯できるおねだりビームを出して訴えかける。

「……困らせないでくだちゃいよ」

根負けしたのか。ジークはドライフルーツを指でちぎって、近づいてきた。

どうやら食べさせてくれるようだ。

日本にいる大人たちは真似をしないでね……なんて思いながら大きな口を開く。

私の隣に座ったジークがとろけてしまいそうな表情を浮かべながら、私の舌の上にドライフルーツを乗せてくれた。

「あーーーー！」

甘くてとても美味しい！　これはきっとオレンジか何かのドライフルーツだ。

やっぱりお菓子は世界を救う！　お菓子最高！

あまりにも美味しかったので、手をパタパタと動かしながら満面の笑みを浮かべる。

ジーク、ありがとう。

「そうか、美味しかったでしゅか？」

「うー！」

もう一口……ほしいな。キラキラとした瞳を向けると、ジークは困ったような表情をした。

「……エル、そんな目をしないでくれよ」

＊ジーク

赤ん坊を育てたことはないが、離乳食を食べはじめたばかりの子供に菓子を食べさせるのはあまりよくないだろう。

理由はわからないが、消化に悪いとか虫歯になってしまうとか？

俺の隣に座っているエルは、琥珀色の瞳をキラキラと輝かせている。

心を鬼にしてこれ以上食べさせてはいけないと思うが、あぁ……たまらなく可愛い。

先ほど小さく切って口に入れてやったら、ものすごく喜んでいた。

これぐらいだったら誰にも気づかれないだろうし、エルの体調にも変化がないと思ったから与えたのだが、彼女は、魅惑の味を知ってしまったらしい。

口を大きく開いてよだれを垂らしながら、俺のことをじっと見つめてくるのだ。

ハンカチでよだれを拭いてやる。

「あーうー」

口をすぼませたり大きく開いたりして、ドライフルーツを食べさせてくれと訴えてくる。

困った……。

「エル、食べさせてあげたい気持ちは山々だが、ポンポン壊しちゃうぞぉ」

「うー」

先ほどまで満面の笑みを浮かべていたエルが、頬を膨らましてめちゃくちゃ怒ったように目を吊り上げている。

あぁ、食べさせなければよかった。可愛くて、可愛くてたまらないエルが怒っている姿を見ると、俺は心からシュンとしてしまう。

「わかった。わかった。あと、一つでしゅよ？」

「あっ、うー！」

先ほどまで怒っていたのに機嫌を直したようで、ひまわりのような明るい笑顔を浮かべてくれた。それが嬉しくて、自分の体の奥底から歓喜が湧き上がるような感覚になった。

あぁ、本当に可愛い赤ちゃんだ。

喉を詰まらせてしまわないように、小さくちぎって口の中に入れてやる。

ちっちゃな口をもぐもぐと動かしながら、よだれを垂らして食べている姿は何時間見ていても飽きない。俺の胸は、ずっとキュンキュンしている。

あっという間にエルはゴクンと飲み込んでしまった。

「おいちかった？」

ニカッ。本日最高の笑顔いただきました！

可愛い顔を見られて今日もいい一日だった。

赤ん坊を夜更《よふ》かしさせてはいけない。そろそろ寝かせよう。

「あ、う」

「えーー……もうさすがにダメだぞ」

エルはよほど美味しかったのか、まだ食べたいと真剣に訴えてくる。

こんなに小さいのに自分の意思をしっかり持っていて、眼力がものすごい。これ以上食べさせたら逆にエルに可哀想な思いをさせてしまうかもしれない。

「エル……だって、ポンポン、イタイイタイになっちゃいましゅよ？」

「うー」

口を尖らせて、また不機嫌そうな表情に戻ってしまった。

可愛い子に少々厳しくしなければいけないと思いつつ、俺はエルのおねだり攻撃に負けてしまい結構な量を食べさせてしまった。

満腹になったのかエルは満足そうにニンマリとしている。

抱き上げてベッドに寝かせると、彼女は安心したような表情で眠りはじめた。

この顔を見ているだけで俺は何時間でもアルコールを飲んでいられそうだ。

＊　＊　＊

「おはよう、エルちゃん……え！　エルちゃんっ」

ティナが私の様子を見てかなり焦った表情をしている。

きっとそれは、私が具合悪そうな顔をしているからだろう。

「どうした！」

たまたま部屋の近くを通ったのか、騎士団長が部屋に慌てて入ってくる。

「エルちゃんが！」

朝からお腹が痛くて吐き気がものすごい。

なんとも言えない具合悪さがあり、私はティナがやって来るのを待っていた。

騎士団長が私の顔を覗き込むと、驚いたように目を大きく見開いた。

「大変だ！　顔が真っ青だ。今すぐに医者に診てもらおう」

急いで部屋を出ていった。騎士団長の足音がだんだんと遠くなっていく。

ティナは心配でたまらないのか、そわそわしながら、すぐそばで見守ってくれていた。

数分後、中年男性の医者がやってくる。仰向けになっていた私のお腹をポンポンとやさしく手で叩いてきた。そこ触られるととても痛い。

「ん、ここが痛いようだな。場所的には胃じゃな。お腹も全体的に張っておる。何かおかしいものを食べさせた記憶はありますか？」

ティナと騎士団長は目を合わせて首を傾げた。

その時、私は思い当たる。昨日の夜たくさんおやつを食べたじゃないか。大人の感覚だったらまったく問題ない量だが、赤ちゃんの胃袋にはちょっと負担が多すぎた。

「昨日は離乳食を二回ほど食べさせました。じゃがいもをすりつぶしたものと、人参をトロトロに煮込んだものです……」

「そうか、それだと問題はない。不思議ですなぁ」

お医者さんは何か食べたのではないかと疑いの目を向けているようだ。というか食べてしまったんですけど……。

「まだ一人で動き回ることができないので、変なものは食べてないと思うんですが」

ティナが心配そうな表情を浮かべる。

「昨夜、ここを担当していたのは確かジークだったな」

騎士団長が犯人探しをする探偵のように、顎に手を当てて推理をはじめた。

ひえー、すぐに犯人がバレてしまう！

確かに食べさせてくれたのはジークだけど、赤ちゃんの武器を使って、可愛いらしい瞳を向けて食べたい攻撃をしたのは私だ。

ジークが悪者にされてしまうのは可哀想。なんとかかばってあげなきゃと思うけど、今は気持ち悪くて何も思いつかない……。

「もし変なものを食べていたら大変じゃが、何かを食べ過ぎてしまったということであれば、薬草を煎《せん》じて飲ませれば、消化が進むので大丈夫だと思いますぞ」

薬草！　それを飲めば楽になるのなら、早く飲ませてほしい。

「でも食べさせ過ぎではないと思うんです」

ティナ……今は余計なことを考えないで私に薬草を飲ませてください。

潤んだ瞳で見つめていたが、騎士団長はまだ推理を続けている。

「やはり犯人はジークだろう。話を聞いてくる」

「あうぅ……」

待ってと言いたいけれど言葉が出てこない……。

私はジークに申し訳ないと思いつつ浅く呼吸を繰り返していた。


しばらくして騎士団長がジークと一緒に戻ってきた。

どうやらジークは私にお菓子を食べさせてしまったことを白状したらしい。

具合悪そうにしている私を見て、ものすごく心配そうな表情してくる。

「エル……ごめんな」

ジークは悪くないよ。私がおねだりしたから。辛いながらに笑みを浮かべると、ジークは唇を噛み締めた。今にも倒れてしまいそうなほど顔色が悪くなっている。あまり思い詰めないで、ジーク。

騎士団長が経緯をティナに説明すると、彼女は心からホッとしているような表情をした。

その後すぐに薬草を煎じたお茶を飲ませてくれ、私の胃はすっきりとしたのだった。

せっかく美味しいお菓子を食べることができたけど、もう少し大きくなるまでお預けだ。

ああ残念……。成長したら美味しいお菓子を作るのを励みに今は頑張ろう。

美味しいお菓子が作れるスキルを手に入れたのだから！

＊　＊　＊

薬草を煎じたお茶はとてもまずかったけれど、すぐにお腹が楽になった。

これからは気をつけてお菓子を食べようと反省している。

体調が落ち着いてから数日後、ティナと騎士団長が部屋に入ってきた。

ピンクや水色、赤、黄色、オレンジ、様々な色の生地を持っている。それに様々な種類のレースまで用意されていた。一体何がはじまるのだろうと瞳を大きく見開いていると、ティナがピンク色の生地を持って私に近づく。

「エルちゃんのために、ドレスを作ってくれることになったわよ」

「ド……ド、」

「そうだ。国王陛下がエルのことを気にかけて、数着ドレスを作らせてはどうだとおっしゃってくれたんだ」

騎士団長は柔らかな笑みを浮かべながら言った。国王陛下ったらすごくやさしいんだから！　女の子なので、やはり可愛らしいドレスに胸がキュンキュンする。

「髪の毛も少し伸びてきたから、おリボンをつけられるわね。ドレスができあがったら一緒につけられるようなリボンを作っておくわ」

ドレスにおリボン！　うわーお姫様みたいじゃん！　すっごく楽しみになってきた。

いくつか生地を選んで二人は部屋を出た。


それから、二週間後。

ちなみにこの国でも日本と同じ時間が流れているようだ。一日は二十四時間で、一年は三百六十五日あり、今のところ季節もほとんど同じような感じだ。

今日も太陽の日差しが暖かいなぁとぼんやりしていたら、ティナがテンション高めに部屋に入ってきた。

「エルちゃん、ドレスが完成したわよ」

おお！　それはとても楽しみだ。

全部で三着作ってくれたようで、リボンがあしらわれているピンクのドレスやキラキラとした宝石がついている水色のドレス、レースをふんだんに使った真っ赤なバラのようなドレス。

どれも可愛らしくて乙女心をくすぐる。私は嬉しさのあまりニッコリと笑った。

「早速着てみたいわよね……。よし、着替えてみようか」

「うーあ！」

ピンク色のドレスに着替えさせてくれ、ついでに髪の毛にもリボンをつけてくれる。

ドレスアップした私を見たティナは、頬を真っ赤に染めながら手を叩いて喜んでいる。

「きゃあ、可愛い。世界一、可愛いわ！」

ティナに思いっきり抱きしめられるが、私は自分の姿を見ていないので何とも……。というか自分の姿をまだ一度も見たことがない。鏡が、ほしい。

「そうだ。もうそろそろ騎士団のランチタイムなの。そこに行けばみんなに可愛らしい姿を見てもらえるわ！」

ティナはいいことを思いついたというような表情をした。

大勢の人に注目されるのは恥ずかしいけれど、この部屋から連れ出してくれるのは嬉しい。私は手足を動かして連れていってアピールをする。

「じゃあ行きましょうか」

ティナは私を乳母車に乗せた。

最近ちょっとずつ大きくなってきたので、ずっと抱っこしているのは疲れるそうなのだ。

乳母車は、ふかふかの白いクッションがあり、金色の取っ手がついていて、車輪がある。まるでおとぎ話に出てくるような可愛らしい作りになっているが、これに乗せても、館内しか散歩をしてくれていない。

それでも部屋から出してくれることが多くなったので、私は嬉しい。みなさん忙しいのにお世話をしてくれているので、感謝だ。

私を乳母車に乗せて廊下に出るといつもと違う方向に進んでいく。

騎士団が集まって食事をする食堂に向かっているのだろう。

突き当たりに大きな鏡があり、はじめて自分の姿が目に入った。

「あーーーー！」

よく見たいからちょっと止まって！　そんな気持ちで大きな声を出すと、ティナは鏡を見ている私に気がついて止まってくれた。

ふわふわブロンドヘアは、まだ短いが伸びてきたらお姫様みたくなりそうだ。

琥珀色の瞳でパッチリ二重。まつ毛が長い！　ホイップクリームのような美しい色白の肌に、チェリーのような可愛らしい色をした小さく形のいい唇。

やっぱーい、超絶可愛い。これは、誰もがメロメロになるのも頷ける。

左の目の下に星の形をした泣きぼくろ。これが生まれながらにして魔力の強い証拠なのかな？

「うふふ、エルちゃん、お姫様みたく可愛いでしょう？　さ、騎士さんたちのランチタイムが終わっちゃうから、早く行きましょうね」

エルが乳母車を押して歩き出した。

親に捨てられた可哀想な運命な赤ちゃんだけど、この美貌はありがたい。

それに運命は自分で変えられるって女神様も言っていたし、前向きに生きなきゃね。

騎士団が集まっている食堂の前に到着した。

主に四人の騎士が担当してくれているけれど、私がこの屋敷で育てられていることは全員知っている。建物の中を散歩していると、たまたま会えたと喜んで声をかけてくれるのだ。

みなさん様々な色の瞳や髪の毛をしているが、どの人もイケメン。その上体を鍛えているのでスタイルがとてもいい。

この国の人は男性も女性も美しい人が多いようだが、さっき鏡で見た私の姿はずば抜けていた。

このまま大きく成長しても、お菓子を食べ過ぎて太らないようにしなければなぁ。せっかくの美貌が台無しになってしまう！　……でも、お菓子を我慢できるか心配。

食堂の扉を開くと、そこには三十名近くの若い男性が食事をしているところだった。

邪魔しては申し訳ないと思った時、ティナが口を開く。

「みなさんお食事中にすみません。実はエルちゃんのドレスが完成してとても可愛らしいのでお披露目《ひろめ》に来ました」

その言葉に一斉に騎士らの視線が私に注目した。ちょうど食事を終えた騎士団長が近づいてきて頷いている。

「とてもいいじゃないか。ドレスが似合っているし、可愛いらしいよ、エル」

そんなに素敵な瞳で見つめないでください。ドキドキしちゃうじゃない。

急いで食事を終わらせたスッチが、オレンジ色の瞳をキラキラさせながら近づいてくる。

「あーもう、可愛くてたまらないよ！」

しゃがんで満面の笑みを向けられ、私は苦笑い。

そこに、マルノスがやってきて眼鏡を中指で上げて顔を覗き込んでくる。

「エル様、とても麗《うるわ》しゅうございます」

……あ、ありがとうございます。そんなに見つめられると恥ずかしいよ。

ズカズカと偉そうに歩いてきたのはジークだ。

「……エル、可愛いぞ」

二人きりの時は赤ちゃん言葉なのに、クールな話し方をしているのが面白くてクスッと笑ってしまう。

そこにいる全員が私が笑ったと喜ぶ。やさしい人らに囲まれて幸せだよ。親がいなくても、私は大丈夫！　明るく楽しく生きていれば、いいことに恵まれるような気がするんだ！

4　はじめてのお散歩に行きました

イチ・ニ・イチ・ニ！

私はついにハイハイができるようになった。ベッドの上で意味もなくグルグル動き回る。

風邪を引かせてはいけないという理由から、建物の中の散歩はたまにさせてくれるけど、なかなか外には連れていってくれなかった。

私はどうしてももふもふ動物に会いにいきたい。一日も早く体力をつけて自分でここから脱出できるようにしようと企んでいる。そのためには時間があればベッドの中をハイハイして回っていた。

「ふぅ」

運動をしすぎて疲れた私はドテッとお座りして、休憩する。あー。甘いもの食べたーい。

運動をしたら甘いものを食べたくなるのは方程式なのかもしれない。

もふもふの動物がいるところで美味しいドリンクとお菓子が食べたい。

前世の記憶がムクムクと湧き上がってきて、よだれが垂《た》れちゃう……。赤ちゃんだから余計に口元が緩《ゆる》いらしい。

少し休んでまた私はハイハイをはじめた。

「エルー、また運動しているのかい？」

明るい声が聞こえてきて、そちらに視線を動かすと、スッチが入ってきた。

彼は大型犬みたいな性格をしていて、可愛らしいところもあるが、ものすごく溺愛してくるので、ちょっぴりうざいと感じる時もある。まぁ、イケメンなので許すけど。

近づいてきたスッチが私の額にそっと手のひらを添える。

「あんまり頑張りすぎるんじゃない。汗でびっしょりだよ」

「……あーう、」

だってお散歩に行きたいんだもん。

ほら外を見てみて。今は六月でしょ？　初夏だよ？

空は真っ青で白い雲が浮かんでいて太陽が燦々《さんさん》と輝いている。

木は緑色の葉っぱがモッサモサとついていて、小鳥さんがピーピー鳴きながら飛んでいて、楽しそうな雰囲気が漂っているじゃないか。

もしかしたら野生の動物に遭遇できるかもしれない。この窓から見る限りとても自然豊かなのだ。じーっと、外を見つめる。

「もしかして……エル、お外の散歩をしたいの？」

スッチの言葉に私はバッと彼に顔を向けた。

「あ！　うう！」

やっとわかってくれた！　そうそう、お外に行きたいの！

自分のできる限りの力を出して瞳をキラキラとさせる。

「そっか、そうだよな」

少し考えるような表情をしてから深く頷いた。

誰かに相談するのか「ちょっと待っててね」と言って部屋を出ていく。

しばらくするとスッチが満面の笑みを浮かべながら、ティナを連れて戻ってきた。

「騎士団長の許可を得てきたから大丈夫だよ。お外にお散歩に行こう」

やった！　嬉しくてたまらない私は多分過去最高の可愛らしい笑顔を向けたと思う。

汗をかいていたのでティナに着替えさせてもらうと、早速出かけるために乳母車に乗った。

「じゃあ行こう、エルちゃん」

ティナとスッチと一緒に部屋を出た。

「エル、寮の裏庭は森のように広いんだ。楽しみにしていてね」

「キャッ、うー、あ！」

正面玄関ではなく裏庭に続く扉があるみたいで、そこから外に出してくれた。

森に捨てられて、保護されて、国王陛下にご挨拶に行った時以来のお外だ！

六月の空はとても澄んでいて、自然が豊かなおかげか、日本にいた時よりも空気が美味しい気がする。

お茶をして休憩するのかベンチとテーブルセットが置かれていた。

「ここでお茶できるのよ。大きくなったらエルちゃんもここでお菓子を食べようね」

「う！」

ティナに話しかけられて私は元気いっぱい頷く。早く大きくなってティータイムを過ごしたい！

「ずっと家の中にいたからね、太陽の日差しがまぶしくないか？」

スッチが様子を窺ってきた。

「パー！」

全然大丈夫。太陽の日差しを浴びなきゃ、いくら健康な赤ちゃんでも、不健康になっちゃうよ。

ヒューールルルル。

綺麗な鳥さんの鳴き声が聞こえてきたのでどこにいるのか目を凝らすと、近くにある木でさえずっている。いいなぁ、可愛い。触りたくてじっと見つめていると二羽の鳥さんが飛んできて乳母車の縁に止まった。

「あぁ、あー！　う！」

オレンジ色と緑色が混ざった綺麗な模様をしているセキセイインコぐらいの鳥さんだ。

久しぶりにこんなに近くで鳥さんを見た。

嬉しくて胸がドキドキしてしまう。感動のあまり手を伸ばそうとすると、

「ダメ！」

スッチが触るのを阻止した。

「鳥さんには、鋭いくちばしがついているんだよ？　大事なエルの手が突っつかれたら大変だよ！　怪我しちゃうんだぞ！」

そんなこと言わないでよ。せっかく久しぶりに鳥さんに触れられると思ったのに。

私はものすごく悲しい気持ちになってしまい顔を歪めた。

「泣かないで……エル」

「ふ……、ふ、ふぎゃ」

私が泣きそうになると二羽の鳥さんがパタパタと羽を広げて踊りはじめた。まるで花びらが舞っているかのように美しい。

ヒュー、ピュルルル。

まるで子供が喜ぶような童謡を歌ってくれているみたいだ。

あまりにも楽しい光景だったので泣きそうだった私は感情が一気に切り替わり、楽しくなって手をぽんぽんと叩いて笑顔を浮かべる。

「キャッキャ」

たぶんこの二羽の鳥さんには、私が動物を大好きだという気持ちが伝わっているのだろう。

それに、きっと、もふもふスキルも使われているに違いない。

そのうち見たこともない鳥さんが何羽も集まってきて、私を喜ばせるようにパタパタと飛び回っている。なんと、素晴らしい光景なのだろう。

スッチが目をまん丸にする隣で、ティナは瞳を輝かせている。

「まるでエルちゃんと遊ぶのを心待ちにしていたみたい！」

「エルのこと、歓迎しているんだな」

しばらく、楽しい時間を過ごさせてもらった。こんな幸せな気持ちにしてくれた鳥さんたちに感謝だ。

喜んでいる私に、ティナがしゃがんで顔を覗き込んできた。

「エルちゃん、じゃあそろそろ、帰ろうか」

もっと遊んでいたくてワガママを言おうかと思ったけど、忙しい中、私に構ってくれているのだろう。素直に頷いた。

鳥さんたちは私が帰ることがわかったのか？　みんなでアーチを作ってお別れをしてくれる。こんな経験をしたことがないのでびっくりした。ことりカフェで働いていたけど、ここまでは仲よくなれなかったもん。

手をひらひらさせながら、また必ず会いに来るからねと心の中でつぶやきお別れをした。

三十分の短い散歩だったけれど、今日は鳥さんと触れ合うことができて幸せな一日だった。

＊スッチ

エルと散歩に行った僕はとても驚いていた。

あんなの鳥の動きじゃない。不思議な光景を目の当たりにして頭がぼんやりとしていた。

「ん……」

一日を終えて自分の部屋で考え込む。

僕はマルノスさんと二人部屋だ。ベッドと机とタンスがそれぞれに用意されていて、二人では充分すぎるほど広い。

「どうしたんですか？　スッチ」

机に向かって読書をしていたマルノスが僕に視線を向けてきた。

考え込んでいる表情が気になったのかもしれない。

「実は……」

今日一緒に外に散歩に行って、鳥が集まってきたことを話した。

「本当にすごかったんだよ。まるでエルと鳥たちが心を通わせているような」

「それは興味深いですね。しかし、にわかに信じられません。スッチの妄想の世界ではないですか？」

冷ややかな視線を向けられたので腹が立った。

「妄想なんかじゃない！　ティナも見てたんだ！」

ちょっと大きな声を出すが、マルノスは何かを想像しているのかやさしい表情になっている。

「確かに、エル様とカラフルな鳥が一緒に仲睦まじく遊んでいる姿を見たら自分もそのような想像をしてしまうかもしれませんね」

「だーかーら……」

真剣に訴えるけれどこれ以上話しても無駄だと思った。もしかしたら、たまたまだったのかもしれない。いや、あんなのたまたまでもありえない。

これからも一緒に散歩に行くうちに動物が集まってきて、心を通わせているようなところを見ることができる気がした。エルも楽しそうだったし、また近いうちに散歩に一緒に行こう。

数日後、僕はまた時間ができたのでエルを外に散歩に連れていく。

エルは外に出るのが大好きらしく、すごく嬉しそうにしてくれる。

喜んでいる姿を見るのは嬉しいが、今日は実験的な意味も込めて連れ出していた。

鳥だけに好かれるのだろうか？　それとも他の動物にも気に入られるのか。

思い返してみれば森でエルを見つけた時も、狼が守っているように見えた。

もしかして動物に好かれる体質なのか？　たまたまだったのか？

森のようになっている道に入り進んでいく。

「あー、うっ！」

散歩がよほど楽しいのか、声を上げながら喜んでいる。

「エル、お散歩楽しい？」

「うー！」

ぺこっと頭を下げている。

僕の言っていることはやっぱりわかっているようだ。エルは本当に賢い子供だ。

ゆっくりと歩いていると野生のリスが近づいてきた。エルはリスに気がついて手を伸ばしている。もっと近くで見せてあげたいと思い乳母車から抱き上げてしゃがんでみた。

普通、野生の動物だったら警戒して一目散に逃げていくだろうが、リスは遠慮せずにエルに近づいてくる。

「エル、本当に動物に好かれるんだね？」

無邪気に笑っているエルは天使のように美しく、太陽の光を浴びていて髪の毛がキラキラと輝いている。

「もーふっ」

「あぁ、もふもふって言いたいのかな？　たしかに」

エルは動物にとても好かれるようだ。大きくなったら一緒に山に探検に行くのもいいかもしれない。

成長してきて段々と体重も増えてきた。この重みがまた愛おしい。

僕はエルの成長する姿を近くで見ることができてものすごく幸福な気持ちだった。

5　ファーストシューズをプレゼントしてもらいました

うー……暑い。この国も季節は夏を迎えていた。

私は十ヶ月になり、なんとかつかまり立ちができるようになった。

前世でも子育てをしたことがないけれど、親戚の子供の記憶を辿れば、あの赤ちゃんよりも少し早めに立ち上がれているんじゃないのかな？

一日でも早く自分の力で探検するために、鍛えていた成果が出たのかもしれない。

太陽が差し込んできてとても暑い。大きな窓なのは魅力的だが夏は厳しい！

あー、アイスクリームが食べたいなぁ。

ベッドに寝かせていても勝手に立ち上がってよじ登ろうとするところを何回も見つかってしまい、日中は床にいることが多い。柔らかなクッションと絨毯が敷かれているので快適な空間だが、とにかく暑い。

多分、もう少ししたら私は伝い歩きをできるようになるだろう。そうなればこの部屋から出て、裏庭へとつながる扉を発見して、森に遊びに行くことができる！

あぁ、もふもふ……触りたいっ。

私が動物を好きだということが騎士の間で噂になったようで、動物の絵が描かれた本をプレゼントしてくれた。これを見ておとなしくしていてほしいのだろう。

いい子だから、迷惑なんてかけないもん。

偉い子でいるから、お菓子ともふもふ連れてきてほしいなぁ。

絵本をパラパラとめくると、動物がたくさん描かれている。

これじゃあ、満たされないの……。やはり実際のもふもふに触らなければ意味がない。

動物に触れたいなぁ。


「エルちゃん、おやつの時間よ」

「おーおーおーっ！」

三時になり、ティナがおやつを持ってきてくれた。とはいってもまだ赤ちゃんなのでサクサクのクッキーなどは食べさせてもらっていない。ほとんど味のしない小麦の焼き物や、フルーツばかりだ。それでもこのおやつタイムは楽しみで仕方がない。

自分でちゃんとお座りをしていい子にして待っていると、ティナがニコニコ笑いながら隣に座った。

今日はフルーツが乗っているようだ。これは何だろう……？

バナナを輪切りにしてミルクソースをかけたように見えた。

小さめの一口にカットされており口元に運んでくれる。

「はい、どうぞ」

パク。モグモグ。

甘くてとても美味しい！　満面の笑みを浮かべると、ティナがとろけたような表情になる。

「うふふ。瞳をそんなに輝かせて、よほど美味しいのね」

何度も頷く私に、また口の中に入れてくれた。この甘さがたまらなくて、すぐにごっくんして口を開く。

「エルちゃん、落ち着いて食べようね」

「あーうー」

あっという間にすべて食べ終わってしまった。

食べたらいつもお昼寝タイムに突入する。床に置かれた大きめのクッションの上に横になると軽い布をかけてくれた。

「さ、お昼寝してね」

「あい」

ティナがやさしくお腹をトントンと叩いてくれる。だんだんと気持ちよくなってきた私は目がとろんとしてきた。

「ティナさーん」

ティナを誰かが呼んでいる声が聞こえてきた。

もうほとんど寝てしまいそうな私を見届けて、ティナが部屋を出ていく。

とても気持ちがいい。おやすみなさい……ん？

いつもより風通しがいい気がして視線を動かすと、扉がちゃんと閉まっていなかった。

呼ばれたので、慌てて出たせいだろう。

寝よ。

…………。…………。

これはもしやチャンス到来？　頭の中に「脱走」という悪い言葉が思い浮かぶ。

脱走と言っても遠くに行くわけじゃなくて、ちょっと裏庭に行って動物さんと触れ合いたいだけだ。こんな恵まれた時を逃すわけにはいかない。足で蹴っ飛ばして自分にかけられている布を除《の》けた。おいしょと起き上がり、ハイハイで扉に近づく。

やった、やっぱり扉が開いている！

一気にテンションが上がった私は眠気がすっかり覚めてしまった。

裏庭に行きたい。その一心で、脱出を試みる。扉を開こうと手をかけると思ったよりも重たい。赤ちゃんだからだろうか？　手が小さくてまだ腕の力も弱いのだ。

あれだけ訓練をしたのに、まだまだ成長過程なのだ。

悔しいなと思いながらも、おいしょっと扉を開く。

赤ちゃん一人通れるぐらいの隙間を開けて、そっと顔を出してみた。

廊下はシンと静まり返っていて誰も歩いていない。

耳をよく澄ませば遠くに誰かいるような気配はあるが、出てもバレないよね？

ドキドキと心臓が高鳴っている。ハイハイで廊下に出てみた。

廊下は日当たりがないので、ここのほうがひんやりとしていて気持ちいい。

確かいつも散歩の時は左の方向に行くんだよね！

なるべく音を立てないようにしてペタペタとハイハイをしていく。

うっししー！

動物に会えるかもしれない！

今日はどんな動物がいるかな？

ここの騎士寮の裏庭から続いている森は、自然豊かだから、様々な種類の動物が暮らしているようだ。楽しみで仕方がない。

……が乳母車に乗せられている時はあっという間に着くのに、赤ちゃんのハイハイの歩幅は短いらしい。頑張っても、頑張っても到着しないのだ。おかしいな……。

後ろを振り返ると、自分の部屋からはかなり離れていた。

自分が赤ちゃんだからこの家がかなり大きく見えるのだろうか？

もふもふに会うための試練は、大きいのだ！　自分で自分を励ましながら前へ進んでいた。

たしかあそこの角を曲がれば裏庭につながる扉があるはず！　よっしゃーと思いながら、ついに私は到着した。手を伸ばして扉を押してみるが……ガーン。完全にここの扉、閉まっている。頑張って立ち上がり、手をいっぱいに伸ばすが、身長が明らかに足りない。ドアの鍵が開けられない。せっかくここまで来たのに……。

「うぇー……」

絶望的な気持ちになっていると、パタパタと走ってくる足音が聞こえた。

「エ、エル様！」

この声は、マルノスだ。げ。見つかってしまった。

追いかけられたら、逃げたくなるのが人間の本能。私はハイハイで全力疾走する。

「お逃げにならないでくださいっ」

彼が大きな声で叫ぶものだから、何かあったのかと、あちこちで仕事をしていたメイドさんたちが、私の姿を見て驚いている。そんなにたくさん人がいたら捕まってしまうのも時間の問題だ。しかもハイハイしているとかなり疲れてきた。私は観念してぺたんと座り込んだ。

「エル様、一体、どうして一人でいらっしゃるのですか？」

すぐに私に追いついたマルノス。眼鏡の奥の瞳が心配そうに私を見つめている。

しゃがんで体の隅々をチェックしながら、気遣うように言葉をかけてくれた。

「お怪我はされていませんか？」

「……う」

このままだと怒られてしまうと思った私は、ずる賢いかもしれないけれど赤ちゃんビームを送ることにした。じっと見つめて瞳をうるうるさせる。マルノスは切なそう表情をした。

「怖かったのですね……。一人でよくここまで来ましたね。どこもお怪我をされていないようなので安心しました」

とてもやさしいマルノスに私は、騙すようなことをして良心が痛んだ。マルノス……ごめんね。マルノスが私のことを抱き上げた。

「どうしてこんなことになっているのか、調べてください」

「かしこまりました」

近くにいたメイドさんが頭を下げて、その場を去っていく。

「さ、エル様。お部屋に戻りましょう」

えー……すぐそこに裏庭につながる扉があるのに。とても残念……。

部屋に戻るとティナが顔を真っ青にしながらやってきた。かなり心配させてしまったようだ。この姿を見ていると脱走するのはよくないなぁと反省してしまう。思いつきで脱走をしちゃダメだね。

「エルちゃん、怪我してなくてよかった」

ティナが私を力強く抱きしめてくる。私も自分で部屋から出たくせにティナに会えて心から安心する。いつも母親のように大切にしてくれているティナのことが大好きなのだ。

もう、悪いことはしないから許してね。

でも、このおかげで大きな収穫を得ることができた。

その後、私が廊下に出てしまうということは、運動不足なのではないかという話になり、一日一回は騎士とティナが一緒についていって、外の空気を吸わせてくれることになったのだ。

やっほー！　明日からおやつタイムの他に、お散歩タイムがある！

楽しみが増えました！　私は嬉しくて、なかなか寝つけなかった。

＊＊＊

お散歩タイムはその日によって時間帯がバラバラだった。

朝食と昼食の間に連れていってくれることもあれば、三時のおやつの後の時もあった。

さすがに暗くなってから外に行くことはなかったけれど、私は外に出るたびに、野生の動物たちと触れ合うことができてとても満足している。

今日は三時のおやつを食べてから出かけることになっていた。

私専用の日傘を用意してくれ、麦わら帽子も用意してもらった。まるでお姫様扱いに照れてしまう。王族の血が流れている可能性があるので、大切にしてくれているのかな？

そんなに大切にしてくれなくても大丈夫なのに……。

今日の散歩担当は、騎士団長だ。

まだかかな。準備を終えてもなかなかやってこない。

ため息をつきながら窓の外を眺めていたら、ティナが喉をコロコロ鳴らして笑っていた。

「エルちゃん、そんな大人びたため息をつかないで」

やば。体力とか体の大きさは、赤ちゃんなのに自分が赤ちゃんであることをたまに忘れる。

「あーうーっ、さん、さん」

もう少しで言葉が話せそうなのにうまく伝えられない。

ちゃんと喋れるようになるまで、まだまだ時間がかかるだろう。でも、毎日のように一緒に暮らしているとなんとなくわかってくれているみたいだ。ティナが微笑む。

「お散歩に行きたいのよね？　でも私だけで連れていくのは禁止されているの。何かあったら大変だから、もう少し待っててね」

仕方がないので私は頷いた。

敷地内をお散歩するくらいでそんなに危ないことはあるのかねぇ？　遠くへ行くわけでもないし、もふもふと仲よくできるスキルもあるし！　心配することは何もないのに。

そんなことを考えながら待っていると、騎士団長がやってきた。

「待たせて悪かったな、エル」

いえいえ、お忙しいのにわざわざお散歩に付き合ってもらい申し訳ありません。

そんな気持ちを込めて私は頭をぺこっとした。

騎士団長が温かい眼差しを向けて微笑んでいる。

もう夕方でだんだんと日が落ちてきている。早速乳母車に乗せてくれた。

裏庭に出て森につながる舗装された道を歩いていると、早速動物が近づいてきた。この森には本当に様々な動物がいるようだ。

今日は何だろう？　おサルさん？　目がくりくりとしていて、手が長いおサルさんが近づいてきた。

騎士団長は危ないと警戒しているが、おサルさんはゆっくりと、私がびっくりしないように寄ってきて、丁寧に頭を下げてくれる。

私は頭をそっと撫でた。最近、動物が何を言っているのかわかるようになってきた。

キィー！

《はじめまして。可愛らしいエルさんに会えて嬉しいよ。この森に住む動物はエルさんの噂で持ち切りさ》

まさか、おサルさんにそんなこと言ってもらえると思わず、嬉しくてニッコリと笑いかけた。すると一度離れて、すぐに戻ってくる。

おサルさんの手には、一輪の花があった。

「もしかして、エルちゃんにプレゼントしてくれてるの？」

ティナがおサルさんに質問すると、グッと差し出してくる。私は手を伸ばして花を受け取った。その光景を見ていた騎士団長とティナがかなり驚いている。

「びっくりした……。エルちゃんって本当にすごいわね」

「ああ。こんなにも動物に好かれるなんてな……。動物だけじゃない、エルは人間にも愛されている」

私が散歩に出ると小鳥さんや小動物がたくさん集まるのだ。

たまに少し大きめの動物が出てくる。野生の鹿だったり、イノシシだったり。

絶対にみんな危険なことをしてこないので、いつも楽しくて幸せな空気が漂っていた。

ウォーン。

ん？

鳴き声が聞こえてきたが、純粋な動物の鳴き声と少し違うような気がする。

耳を澄ませていると、騎士団長は突然、殺気だったような表情を森に向けた。そして、剣に手をかける。こんな状況に陥ったことがなく、一体、何が起きているのかわからない。

「もしかして……サタンライオン……ですか？」

「ああ……」

ティナの問いに答えた騎士団長の声は、ものすごく低かった。

いつもやさしい表情を浮かべている騎士団長が、こんなに険しい表情をしているのをはじめて見た。

サタンライオンって、聞くからにして悪そうな生き物に聞こえる。

ウォーン、ウォーン。大人のライオンのような鳴き声がした。でも、なんか……変だ。

「敷地内にもまだサタンライオンは生息《せいそく》しているのですね」

ティナが恐ろしいといったように若干震えている。

ライオンの声を聞いている限り、そんなに悪い生き物のような気がしないのだけど……。

「子供が生まれてその間、穴を掘って隠れていることもあるらしいからな……。敷地内の森のサタンライオンはすべて殺しているはずだったのだが……」

殺すなんて恐ろしい言葉を言わないで。

もふもふの動物で悪さをする子なんて、いないんだから。

「普通の動物であればエルちゃんなら仲よくなれたかもしれませんけど」

「あいつらは、残念ながら普通じゃないいんだ」

鋭い視線を向けながら騎士団長は悲しい言葉を放った。

もふもふスキルがあるのに仲よくできない動物がいるなんて、信じたくない。

「危ないから今日は早く帰ろう」

「そうですね」

空を見上げると分厚い雲が覆っていた。これから、雨が降ってくるのかもしれない。

ガサガサとすぐ近くの草の塊が揺れた。

次の瞬間、ガバッと何かが立ち上がる。

もふもふした金色の毛が見えて、私のテンションは一瞬上がった。大きな動物もウエルカム！　……って、え？　姿を確認すると二本足で立っている。ライオンのような風貌をしているのに、しっかりと服を着ていて二本足で立っているのだ。

「出たな！」

騎士団長がキラリと光る剣を向ける。はじめて、本物の剣を見て私は驚いてお漏らしをしてしまいそうになった。

「うぎゃっ！」

騎士団長は一歩ずつサタンライオンに近づいていく。

「ウォーーーーン、オーン」

敵は、耳を塞いでしまいたくなるようなほど大きな雄叫びをあげた。ものすごい迫力で私はびっくりして泣きそうになってしまう。

「エルちゃんっ！」

ティナが私をかばうように抱きしめた。それでも引かないサタンライオン。脅しているのではなく、何か訴えているように聞こえた。

私は動物ではないその生物の鳴き声に意識を集中させる。

《エルさん、俺らは人間を襲おうなんて思っていない。お願いだ。どうかわかってくれ！危険を顧《かえり》みて今日はお願いに来たんだ》

そんな風に聞こえ、私は視線を動かした。彼の悲痛な思いが私の心にダイレクトに届いて、切ない。彼の想いをなんとか伝えたいのに、私はまだ赤ちゃんでうまく言葉にできない。

「それ以上近づいたら、お前の首を切り落とすぞ！」

ダメ！　そんなことしちゃいけない。このサタンライオンは悪者じゃないのに。

「ぎゃあああ、うー！　あーーー、うえーーーん、ぎゃあああ」

悪さをしないと言っているのに殺そうとしている騎士団長を何とか止めなければいけない。必死で伝えようとするけれど、どうしても言葉となって口から出てこないのだ。もどかしくなってしまった私は狂ったように泣きはじめた。

「ティナ、先に帰ってくれ」

「はい！」

ティナは震えながら乳母車に手をかけて転ばないように走っていく。その間も私は大きな声で泣き叫ぶ。お願いだから、殺さないで！　首を切らないで！

人間を襲うことはないと言っている相手を殺めるようなことは、お願いだからやめて！

「ぎゃあああ、うぎゃあああああ、ああああっ！」

私は酸欠《さんけつ》になるほど泣きすぎて、そのまま意識を失ってしまった。

数時間後、私は目を覚まし、ゆっくりと瞳を開く。気がつけば自分の部屋のベッドの上に寝かされていた。

「よかった！」

ティナの心配そうな顔が目に入り、何があったのかと記憶を辿ってみる。

そうだ、サタンライオンに出くわしてしまい、騎士団長が殺そうとしていたのだ。

それだけは絶対に阻止しなければいけないと思って起き上がろうとするが……。

「まだ動いちゃダメよ。しばらく安静にしていたほうがいいとお医者様にも言われたわ」

「あー、うー、」

あのライオンはどうなったのと聞きたくても言葉にならずもどかしい。

そこに騎士団長が入ってきた。

「目を覚ましました」

「よかった！」

騎士団長が私に近づいてきて、長い腕でそっと抱きしめてくれた。

「エル、本当によかった……」

慈愛に満ちた瞳を向けられる。

私はあのライオンはどうなったのかと瞳で訴えるが、気持ちは伝わらない。

騎士団長が柔らかな笑みを浮かべてくるだけで、ティナに視線を移してしまった。

「あの森は安全だと思っていたが、あまり奥へは行かないほうがいいな」

「そうですね……」

「逃げ足が早くて残念ながら殺すことができなかった」

その言葉を聞いて深く安堵した。

私が話せるようになるまで、どうかあのライオンには逃げ切ってほしい。

人間を襲わないと言っていたように感じたのは、きっと間違いじゃないと思う。

あのライオンが発した言葉に嘘はないという確信があった。

「魔女でも倒せなかった存在だ。こちらも油断してはいけない」

「わかりました」

魔女が倒そうとしていたの？　あの二本足で歩いていたライオンは、動物なのか人間なのかよくわからなかった。一体、なんという生き物なのだろう？

それから何度か森の入口までは散歩に行ったが、危険なので奥までは行かせてもらえず、サタンライオンに出くわすことはなかった。

人間を襲うはずがないと必死で叫んでいたライオンの声を思い出すと、切ない気持ちになる。本当はもう一度会って話を聞きたい。

気になって仕方がなかったけれど、今の私にできることはなかった。

私が成長するまで何とかサタンライオンに逃げ切ってもらうしかない。どうか無事で過ごしてくださいと祈るしかなかった。

＊＊＊

お昼寝をしてすっきりした私は、体を起こしてぼんやりとしていた。

誰か来てくれないかな、暇だなー。絵本でも見るか。

ハイハイしてテーブルの上に置いてある本に近づく。

座って手を伸ばすが届かない。立ち上がり手を伸ばしていると、部屋にジークとティナが入ってきた。

「エル、起きていたか」

「う！」

唇を窄ませて返事をすると、ジークは意志の強そうな瞳を細くして私を見つめる。

今にも赤ちゃん言葉を話し出しそうだが、ティナがいるのでクールな雰囲気を醸し出していた。それが面白くてついつい吹き出してしまいそうになるが、グッと我慢。

私の目の前に座ってジークが頭を撫でてくる。

「いい子にしていたのだな。偉いぞ」

二人だったら「いい子だったたのでちゅね」って言うだろう。

ジークは箱を持っていた。これは何？　と首を傾げる。

ジークが箱のフタを開いてくれると、そこには小さなピンク色の靴が入っていた。

わぁ、小さくて可愛らしい靴だ！

「パァっ！」

「これは、ファーストシューズだ」

「エルちゃんがはじめて履く靴よ」

そういえば靴を履かせてもらったことがまだなかった。そっか、ファーストシューズか！

「国王陛下がエルのためにと一流のデザイナーにデザインさせたものだ。しっかりと感謝するのだぞ」

私のために、わざわざ作ってくれたなんて本当にありがたい。国王陛下には、なかなか会う機会はないけれど、気にかけてくれているようでとてもありがたい。

「さっそくだから履いてみようか」

「う！」

お座りをして足を投げ出す私にティナが靴を履かせてくれる。足のサイズにピッタリだ。

「ここのリボンを緩めれば、少し大きくなってもサイズを変えられるようだから」

ジークが私の体を持ち上げて立たせてくれる。

今まではソックスしか履かせてもらっていなかったので、少し締め付けられたような感覚はあるけれど、しっかりとした靴という感じで嬉しい。

「あー、う！」

腕をパタパタと動かして喜びの舞《まい》！　ありがとうという気持ちを込めて頭を下げる。

ジークもティナも満足そうに笑みを浮かべていた。

私は二人に見てもらおうと靴を履いたまま歩き出す。慣れないからちょっとぎこちないけれど、ちゃんと歩けた。でも、すぐに転んでしまう。頭が重くてバランスが取れないのだ。

「おぉ、危ない」

ジークが私のことを抱きしめた。彼の手から私のことが可愛くてたまらないというのが伝わってくる。ジークは体が大きくて抱きしめてもらえるとすごく安心感がある。

「もうすぐ一歳になるのだな。本当に子供の成長は早い」

「そうですね」

不安定だけど、少しずつ歩けるようになってきた。私も自分の体が日々成長しているのだと感じる。もっと自由に体を動かせるようになったら、やりたいことがいっぱいある。

街とかも見てみたい！　この世界にはカフェとかないのかな？　日本にいた頃は若者が新しい飲み物を発見して流行《はや》りを作っていたけれど、こちらの国でも流行とかあるのかな？

＊＊＊

あのライオンは一人で生活しているのだろうか？　それとも家族がいるのかな？

ふと窓に視線を動かすと木の葉が茶色や赤く染まりはじめている。

私はもうすぐ一歳になるのだ。

未だに私の親は誰なのか、王族が本気になって調べているのかもわからない。

何か理由があってお母さんは私を捨ててしまったのだろうけど、会いたいよ……。

ほとんど彼女の記憶はないのに、たまにものすごく寂しい気持ちになる。

でも、いつまでもくよくよしてはいられない。

私のことを入れ替わり立ち代わり騎士や寮母やメイドさんが可愛がってくれるので、普通の赤ちゃんよりも、もしかしたらたくさん愛情も受けているかもしれない。

私には魔力があると言われていて、どんな人生になっていくのかわからないけれど、大切に育ててくれているみなさんに恩返しできるような大人になりたいな。

大きくなって自由に歩けるようになったら、はじめに助けてくれた狼さんにもお礼に行きたいなぁ。

「エルちゃん、お着替えするわよ」

夕方になって部屋に入ってきたのはティナだ。

着替えって一体、何があるのだろう？

もうすぐ夜ご飯で、食べたらお風呂に入れてもらって寝るだけなのに。

キョトンとする私にティナが満面の笑顔を向けながら説明してくれる。

「少し早いんだけど、今日はエルちゃんの誕生日パーティーを開いてくれることになったの」

「パー？」

「そうよ、パーティー」

まさかお誕生日会を開いてくれるとは！　みなさん忙しいのにありがたい限りだ。

「だからドレスを着てみなさんが集まっている食堂に行きましょう」

「あいっ」

ティナとメイドさんが二人がかりで着替えをさせてくれる。

今日はバラの花びらのような真っ赤なドレスに、可愛らしいティアラを頭に乗せてくれた。それに真っ赤な靴まで用意してくれて、まるでお姫様だ。自分の姿がちゃんと見れるように大きな鏡まで用意してくれた。我ながら何度見てもやはりとても美人な子供だと思う。

ティナとメイドさんはパチパチと手を叩いて、褒め言葉をかける。

「なんて可愛らしいのでしょう」

「エルちゃんは、だんだんと美しくなってきたわ」

そんなに褒められると恥ずかしくなってしまう。

「じゃあ、行きましょう」

「あい！」

乳母車に乗せられて食堂へと向かった。

そこにはたくさんの騎士がいて、私の入場を心待ちにしていてくれたようだ。

大きな拍手で迎えられて照れながら中に入った。

騎士団長が近づいてきて大きな袋を私に渡してくれる。

「エル、一歳の誕生日おめでとう」

「あっ、ぱぁ！」

私は頭をテコっと下げて満面の笑みを浮かべた。

会場の中心部には大きなケーキが用意されている。

最近少しずつ生クリームとかチョコレートとか食べさせてくれるようになった。

白いデコレーションケーキを見た私は一気にテンションが上がっていく。

きっと私の瞳は、キラキラしているに違いない。

いつもお世話をしてくれる四名の騎士が私を囲んだ。

騎士団長、ジーク、マルノス、スッチ。

全員、髪の色も目の色も違うけれど、筋肉質で背が高くてイケメンである。もし、前世の私がここにいたら全員にドキドキしてたまらない時間を送っていただろう。

逆ハーレム状態になって一人に絞り込めなかったかもしれない。

今の私は花より団子《だんご》。どんなにイケメンに囲まれても、美味しいお菓子には勝てないのだ。

「エル、ケーキが食べたいんじゃないの？　よだれが出ちゃってるよ」

スッチが笑いながら言って私の口元を拭いてくれる。

「そうかもしれないですね」

マルノスが私の乳母車を押してさらにケーキの近くに連れていってくれた。

近くで見るケーキはとても見事で、生クリームがふんだんに使われていて様々なフルーツが乗っかっている。

中心部には何か文字が書かれているが、私はそれが残念ながら読めない。

きっと『ハッピーバースデー、エル』と書かれているのではないかな？

美味しそうなケーキに私は手をパタパタと動かして満面の笑みを浮かべる。

早く誰か食べさせてぇー！

そんな気持ちでいると、四名の騎士が同時にお皿に手を伸ばした。

誰が食べさせるかということで、目には見えないが火花が散っているみたい。

「……ゴホンっ。ここはやはりいつもまとめてくださっている騎士団長に食べさせていただくのがよろしいかと」

丁寧な口調でマルノスが言ったのに……。

「えー、僕が食べさせたいよ！　だってエルの記念すべき誕生日だよ？　僕が食べさせたい」

スッチが駄々《だだ》をこねた子供のように言い出す。

「間《あいだ》をとって俺が食べさせるという案も悪くないと思うが」

ジークがクールな口調で言う。

「何が間なのですか？　そうであれば自分も対象になると思うのですが」

マルノス、そこでまた話をかき回さないでほしい。誰でもいいから早く食べさせて。耐えられなくなった私は手足をジタバタと動かしてソワソワとしはじめる。

「もう、エルちゃんが待ちくたびれているじゃないですか。私が食べさせちゃいますよ」

全員のやり取りに呆れた様子で笑ったティナが、ケーキを小さく切って一口食べさせてくれる。パク。とても甘くて美味しい！　口の中にクリームの甘さが広がってフルーツの酸味と混ざり合い絶妙なバランスを保っているケーキだった。

嬉しくてもっともっと食べたくなるけれど、なぜか私の頭の中にパソコンの画面が浮かんだ。そして、このケーキの分析結果なのか、レシピの分量が見えてくる。それは日本語で書かれていた。……これって、美味しいお菓子を作るスキルが作動しているのだろうか？

このケーキのスポンジに卵をもう一つ加えると、さらにふかふかして美味しくなると書いてある。なんなの、この頭に浮かぶ画面は……。

固まった私を全員が心配そうな目で見ていた。

私の意識が戻ってくると頭の中に浮かんできた画面は消えてしまった。

不思議な現象だったけど、面白いっ！　大きくなったらこの画面を頭に浮かべながらお菓子を作れば、最強に美味しい物ができるんじゃないかと期待に胸が膨らんだ。

何はさておき、私の誕生日を大勢の人がこのように祝ってくれたことが心から嬉しくて、この世の中に生まれてきてよかったなんて思うような素晴らしい一日だった。

6　騎士団長にギュッギュッてしてもらいました

「ねぇ、ねぇー、これぇ、にゃあに？」

寮の裏玄関から出るとすぐそこには川が流れている。そこでメイドさんたちが洗濯をしていた。

二歳半になった私はたどたどしくも話せるようになってきて、なぜか今まで以上に気になることが多くなっている。

「エルちゃん、これはタライよ。そしてこちらが洗濯板。この板の上でゴシゴシと洗っていくと汚れが落ちていくんだよ」

私に説明してくれたのは年配女性で、ちょうど自分の孫が私と同じぐらいの年齢だと言う。

「へぇ！」

自動で洗える洗濯機があれば楽なのに。この国にはそのような便利な物はまだないのかもしれない。

近くにいた若いメイドさんが年配メイドさんへ視線を動かした。

「小さい子に丁寧に教えてあげて偉いですね」
「これぐらいの年齢の子には丁寧に説明してあげないとわからないいんだよ」
「言っていることも理解してくる年頃なんですかぁ。子供だからって侮《あなど》ってはいけませんね」

私は自分の部屋でじっとしていることが大嫌いで、時間があればメイドさんの仕事を見ている。気になったことを質問しまくっているのだが、若いメイドさんは困ったように眉間にしわを寄せていることもあった。

質問したくてたまらない。これは知識を増やしたいという人間の欲求なのではないだろうか？

なんで？　どうして？　と聞くステージに突入したのかもしれない。

成長と同時に感じているのは、自分の魔力だ。これが魔力かなと思うことがよくある。

例えば横になりながら絵本を読んでいる時、ページをめくるのが面倒くさいなと思ってちょっと手をかざすと、パラパラとページがめくれることがあった。

たまたまなのかもしれないし、魔力なのかわからないけれど、前世の私とはなんだかちょっと違うなと感じている。

川で洗濯しているメイドさんたちの近くで私はしゃがんだ。

いろいろな石ころが落ちていて、その中にキラキラ光る石があり面白い。

こういうチマチマしたものを集めるのが萌乃時代も好きだった。

何個か石を持って部屋に持ち帰ることにしよう。

石を拾っていると野生の鳥さんが近づいてきた。

チュンチュンと鳴いていて、とても可愛らしい。

私が手を差し出すと野生の鳥さんは警戒することなく近寄ってくる。

私の腕に止まって楽しそうにさえずる姿を見て、楽しい気持ちになり、ニコニコ笑っているど、どんどんと鳥さんが集まってくる。

うわぁ、いっぱい集まってきてたまらないっ。

これだから、外に遊びに来るのはやめられないんだよね。

「エルちゃんは、本当に動物に好かれるんだねぇ」

メイドさんたちが私の姿を見てやさしい笑みを浮かべていた。

いろんな動物と触れ合いたくて、本当は森に行きたいが危険だからと連れていってもらえない。もっと幼い時に見た、あのサタンライオンは今でも生きているのだろうか？

私がたくさんのカラフルな野生の鳥さんたちと遊んでいると、ティナが迎えにやってきた。

「エルちゃん、そろそろランチの時間よ」

「あーい」

食べることが大好きな私は元気よく立ち上がり手を上げて返事をした。

「とりしゃん、バイバイ！」

手を振ると鳥さんたちは空へと高く飛んでいく。今日も可愛らしい鳥さんがいっぱいいて楽しかったなぁ。

ティナと手をつなぎながら自分の部屋へと戻っていく。

「ランチをたくさん食べたら、午後からもお散歩に行きましょうね」

「うん！　もり、いきゅ」

私が『森』というと、ティナの表情が曇る。どうしても連れていきたくないらしい。

「森はサタンライオンがいるから、危険なの。お庭で咲いている花を見たほうが楽しめるんじゃないかな？」

「もり、いって、ライオンしゃんとおはなししたいの」

駄々をこねているとティナは私を説得するようにしゃがんで肩をつかんだ。

「エルちゃんは頭がいいから特別に教えてあげるわね。サタンライオンは悪い生き物なのよ」

その話、騎士が話しているのを聞いたことがあってよーく知っていた。

国としてサタンライオンを撲滅《ぼくめつ》しようと狙っているらしい。

数年前から私が生まれる頃まで、女性の魔術師がサタンライオンを倒すために動いていたのだが、失敗してしまったらしく女性の魔術師は国の信頼を失ってしまった。

女性で魔術を使える人を『魔女』と悪い総称で呼び、明るい世界では生きられないようにしている。

男性の魔術師は市民権があるらしい。なんとも不公平な話で、何か解決する方法がないのかな。

「わるい、いきものじゃにゃいよ」

「悪いの」

だってサタンライオンは『人間を襲うことはない』と言っていたのに。

私は話せるようになったとは言え、まだまだ言葉がスラスラ出てこない。

うまく伝わらなくてイライラしてきて頬をぷっくりと膨らませた。

その表情を見てティナが吹き出して笑っている。

「怒ってもエルちゃんはものすごく可愛いわね。うふふ」

怒っているのに怖がられないのはちょっとショック……。まあ、それだけ可愛いってことだろう。プラスに受け取っておこう。

お腹がぐーっと大きな音を立てる。

「ほら、お腹が空いているんでしょ？　まずはご飯を食べちゃいましょう」

ティナは私のことを「おいしょっ」と抱き上げて部屋に連れていった。

部屋に入ると私のランチはすでに用意されていた。

今日のメニューはビーンズスープと、タラのムニエル、パン、ブロッコリーのサラダだった。私が食べやすいように小さくカットされている。

椅子に座らされ前掛けをかけてから、手にフォークを持たせてくれた。

「いただきまーしゅ」

ちゃんと手を合わせてから食べようとすると、ティナは慈愛に満ちた瞳を向けてくる。

「毎回ちゃんと挨拶をして偉いわね」

この国の人たちに「いただきます」という文化はないらしい。

ついつい前世の習慣だったのでやってしまうが、悪いことじゃないのでよしとしよう。

フォークでグサッと食べ物をさして口に運ぶが、まだ口が小さいのでぽろぽろとこぼしてしまう。

「あー、う」

ティナが布で拭いてくれる。

「あらあら。うふふふ」

ちゃんとうまく食べられないのにティナは私のことを怒らない。

注意をされることはあるけれど、やさしくしてくれるから、私はティナのことが大好きだ。ニッコリと笑うとティナも笑みを返してくれた。

「美味しい？」

「おいちい」

まあまあだなんて言えずに私は美味しいふりをした。

食事を終えて満腹になった私は眠くなってきた。大きなクッションに横になっていると、ティナがテーブルの上に石を並べた。

「今日も綺麗な石を見つけたわね」

「ピカピカだよっ、あしたも、みちゅける」

「あまりたくさん持ってきても邪魔になってしまうわよ？」

「うー……ほちいの」

ティナが近づいてきて軽い布を体にかけてくれた。

お腹の辺りをポンポンとやさしく叩いてくれるので、私は気持ちよくなり、そのまま眠りの世界へと入っていった。


メイドさんたちのお仕事を見学させてもらい、散歩に連れていってもらって動物たちと遊ぶ。

私は今日も一日楽しい日を過ごすことができた。

夜ご飯を食べてもうそろそろ寝る時間。

今日の夜一緒に泊まってくれる担当は騎士団長だ。

彼がやってくるまで、私はおとなしく自分の部屋でのんびりと過ごしていた。

自分が拾ってきた石をもっと綺麗に磨きたい。

そう考えて布を引っ張り出してきて拭いてみるが、宝石のようにはキラキラと光らない。

当たり前だよね。わかってはいるのに子供になった私は、本能的に試してみたいと思うようになってしまった。そうだ。こういう時にこそ魔法を使ってみたら面白いんじゃないか？

魔法の使い方なんて全然わからないけれど、手をかざしてみたら何か起きるかもしれないし。とにかく暇だからやってみよう。

私は一つ石を持った。テーブルの中心に置いて、石に手のひらをかざしてみる。

魔法を使っているような格好に見える！　なんかそれっぽいかも！

手に意識を集中させて、この石が綺麗になりますようにと強く強く念じてみる。すると手のひらが痒《かゆ》くなった。

「かゆー」

手のひらを自分で掻いて見つめると、見たことのない記号のような字がうっすらと浮かんでいる。

なんだこれ？　もしかしてこのまま続けていけば魔法が発揮されるのかもしれない。

もう一度石に手をかざしてみた。

やはりまた痒くなってきて、それを我慢していると今度はだんだんと熱くなってくる。

次の瞬間、手からレーザービームが出てきて、その光が石に入っていく。

びっくりして手を離して座り込んだ。手を離せば魔法はすぐに消えた。

「わ……」

石を見てみると明らかに先ほどよりもキラキラとしている。宝石まではいかないがよく磨き上げられた石のようになっていた。

もしかして、魔法が使えたのかもしれない。

確かめるためにもう一つ石を持ってきて、テーブルの中心に置いた。

魔法を使った後はちょっと体がだるい気がしたけれど、まだまだ平気。

五本の指をパーにして石にかざしてみる。するとまた同じような感覚に陥った。

手がピリピリと熱くなってくるがここでやめてしまっては、綺麗な石ができあがらない。

「おりゃー」

さらに意識を集中させていると……、

「エル！」

大きな声で私の名前を呼んで、慌てて部屋に入ってくる騎士団長がいた。

「な、何をやっていたんだ！」

急いで近づいてきて私を抱きしめる。

「いしをピカピカにしたぁいの」

「はぁ？」

ニッコリと笑って言うと、騎士団長はテーブルに置かれている石に視線を動かした。

慌てて私の手のひらを持って見て、驚いたように目を見開いている。

「……こ、これは」

「だんちょー、にゃに？」

「……エル、魔法はコントロールできるまで使っちゃダメだ」

「うーん？　ただ、うーってねがった、だけなの」

そんなに心配することないのに。私が眉間にしわを寄せると騎士団長が困ったような表情を浮かべた。

「……とは言ってもなぁ」

「なーに？」

騎士団長は私を抱き上げてソファーに座り膝の上に置いた。まるでお父さんのようにやさしく話しかけてくれる。

「もう少し大きくなったら魔法の練習をしよう。そうじゃなかったら、エネルギーを使いすぎて疲れてしまうかもしれないんだ」

「うん……」

　浮かない返事をするとさらに騎士団長は丁寧に説明をする。

「エネルギーを使い果たしてしまうということは、エルが天国に行ってしまうということだ」

「てんごく……」

　要するに死んでしまうということだろう。せっかく生まれ変わったばっかりなのだから、そんなに早く死にたくない。仕方がないので騎士団長の言うことを聞くことにしよう。

「わかったぁ」

「いい子だ。じゃあ明日も早いから眠ろう」

「あーい」

　騎士団長が私のことを立ち上げて今度はベッドに連れていった。

　添い寝をしてお腹をポンポンと叩いてくれるけど、なかなか寝つけない。

　魔法を使ってしまったせいで興奮しているのかもしれない。

＊サシュ

　愛おしいエルに添い寝して寝かしつけようとするが、彼女は魔法を使い興奮しているようで目がパッチリだ。困惑した俺は絵本を持ってきて読み聞かせをしてやる。早く寝かしつけないと明日が大変になってしまう。

「スイスイとお魚さんが泳いでいます。するとすぐ近くに怪我をしているウサギさんがいました」

読み進めていると静かになったので眠ったかと顔を見てみたら、大きな瞳を俺に向けている。絵本にはあまり興味がないらしく、俺の顔を見ているほうが楽しいらしい。

そんなにクリクリとした可愛らしい目で見つめられたら、胸が苦しくなる。これは何という感情なのだろう？

父親になったらこんなふうに子供のことが可愛くて仕方がないのかもしれない。

「眠れないのか？」

「うん、こえすき」

「声？」

「だんちょーのこえ、しゅきっ」

そう言って俺にぎゅっと抱きついてきた。

あぁ、可愛くて骨まで溶けてしまいそうだ。

俺は絵本を置いてエルをやさしく抱きしめる。

「ずっとそばにいてあげるから、安心して眠ってくれ」

「うん……」

少し眠くなってきたのかエルの体がポカポカと温まってくるのがわかった。

しばらくしてスースーと気持ちよさそうな寝息が聞こえてくる。起こさないようにそのまま抱きしめていた。

それにしても、練習もせずに魔法記号を手に浮かべてしまうなんて、やはりエルは一般人とは違うのだ。まだ幼いが、エルの場合少し早めに魔法の練習をはじめたほうがいいだろう。国王陛下に早速明日にでも報告しておかなければいけない。

エルに力があるということは、口外するべきでないと騎士らにさらに口を酸っぱくして言わないと……。誰かがエルの力を使って、何か悪いことをしようと企んでは困る。

星の泣きぼくろを持っているということは、選ばれて生まれてきた子供なのだな。

俺にしがみついて眠っている姿があまりにも可愛いから、ずっと見ていたい。

「もふもふ……」

動物と遊んでいる夢でも見ているのだろうか。寝言まで可愛いのだから本当に参ってしまう。ふわふわのブロンドヘアを撫でながら、俺も眠りについた。

朝になり、ベッドから抜け出すとエルが起きてしまった。眠そうに目をこすりながらあくびをしている。

目を開けて俺の姿を確認するとニッコリと笑った。

太陽にさらされていてキラキラ光るブロンドヘア。

とても美しい白い肌。

魅力的な琥珀色の瞳。

朝からすべてが可愛くてたまらない。

「エル、まだ眠っていてもいい時間だぞ」

「だんちょーのこと、おみおくりしゅるの」

そんなこと言われてしまったせいで、俺の足が硬直して動かなくなってしまう。

わざわざ俺を見送るために早起きをしてくれたのか。

「ありがとう。今日も国のために働いてくるよ」

「うんっ。また、いっしょに、おさんぽしようね」

「ああ」

離れるのが名残惜しくて時間が迫ってきているというのに離れられない。

世の中の父親は、こういう経験をしているのだろうか。

「エル」

「だんちょー」

俺とエルは包容する。可愛い。世界一、可愛い……。

「だんちょー、くるしい」

「悪かった……。エルが可愛いからだ」

「ありがとう」

「エルーエルー」

ギュッギュと抱きしめるとキャッキャと笑ってくれる。

「いつまでそうやっているのですか？　うふふ」

いつ入ってきたのだろう。ティナが後ろに立っていた。

俺は慌ててエルから離れて、立ち上がる。咳払いをして、いつものしっかりとした雰囲気を醸し出す。

「お、おはよう。ティナ。君が来たからもう安心だな」

ティナは俺がエルを溺愛していたことに気がついていたのだろう。クスクス笑っている。

恥ずかしいところを見られてしまった。

「いってらっしゃいませ、騎士団長」

「いってらっしゃ～い」

エルが手を振って見送ってくれる。俺は後ろ髪を引かれる思いをしながら部屋を後にした。

7　みんなでおやつを食べました

春、うらら……。花が咲いていて、庭が華やかになっている。

芝生の上に綺麗な布を敷いてもらい、お座りしながら、スッチとティナと一緒におやつタイムを楽しんでいる。味の薄いチョコレートクッキーだ。

もっと美味しくできるのではないかな？

クッキーを見つめていると、頭にパソコンの画面が浮かぶ。

ピッポッパ。分析結果が見えた。なるほど、砂糖が少ないのか……。

お菓子のレシピが頭に浮かんでくるのは面白いんだけど、他のことも調べられたらよかったのに。生まれ変わるタイミングで、どんなスキルを身につけたいか聞かれても、思いつかなかったんだよね……。どうせなら、なんでも調べられる能力がほしいとか言えばよかった！

「エルーーー、エルーーー」

スッチに呼ばれて意識が戻ってきた。私は慌ててニッコリとする。

「美味しい？」

「……ま、うん、おいちいよ」

微妙な返事をしてしまった私の顔を不思議そうに覗き込んできた。

「もしかしてあまり美味しくない？　子供なのに気を使って美味しいって言ってるんじゃないの？」

「しょ、しょんなこと……ないよ」

「ふーん。じゃあもう一枚どうぞ」

手にクッキーを持たされるが、あまり美味しくないので食べる気にならなかった。

私の頭には相変わらず野生の鳥さんが乗っている。

私が外に出るとどこからともなく、鳥さんが集まるのだ。

お菓子を食べながら鳥さんと戯れていると、私は前世の記憶を思い出す。

あまり外に出るのが好きじゃなかった私だったが、ことりカフェでアルバイトするのは楽しくて仕方がなかった。

黄色や水色や黄緑、色とりどりの鳥さんがいて、瞳がくりくりしていて、頬には模様が入っていて微笑んでいるように見えた。

鳥さんたちが寄り添っているところや、うとうとと気持ちよさそうにしているところ。

寒い時は膨らんで、もふもふしていてとても可愛くて。暑い時は羽を広げる。

眠たい時はあくびをするし、風邪をひいたら鼻ちょうちんを作る。

餌をくれる人やお世話をしてくれる人のことがちゃんとわかっていて、すごく人懐っこい。あんなに小さい小鳥さんなのに様々な表情があってとても可愛らしい。

毛づくろいする姿なんて、何時間でも見ていられる。

楽しそうにさえずる声を聞きながら、美味しいお茶やお菓子を食べて過ごす時間は、至福の時間だった。

嫌なことがあっても癒される。私のストレス解消方法だったに違いない。

こちらの世界でもことりカフェをやってみたいなぁ。珍しい鳥さんもいっぱいいるし！

私が大きくなって自由に働けるようになったら開いてみようかな。

きっと、異世界の人にも喜んでもらえるだろう。でも……私はまだ二歳。大人って何年後だっていう話だ。

ピーピーピヨ。

私の肩に乗っているインコさんが耳元で話しかけてきた。何を言っているのだろうと意識を集中させてみる。

《エルちゃんに会えて、嬉しいわ》

「わたしもうれちいよ」

急に鳥さんと会話をはじめたのでティナとスッチがびっくりした表情を浮かべた。

そういえば、動物が話している内容が何となくわかるということを誰にも言っていなかった。

「エルちゃん動物さんの話している言葉がわかるの？」

ティナが瞳をキラキラさせながら質問してきたので、ペコリと頷く。

「すごいな、エル！」

スッチが私の頭をガシガシと撫でてきたせいで、近くにいたインコさんが驚いて飛んでいってしまった。

「あー……」

思わず残念そうな声を出してしまう。

「悪い、ごめん」

「とりしゃん、おどろいちゃう」

頬を膨らませながら少し怒ると、スッチは手を合わせてから、顔を近づけてくる。

「だから、ごめんって」

本当に反省しているのだろうか。

小さなため息をつくとティナが口に手を当てて笑っていた。穏やかな時間が流れている。

頭にお菓子のレシピを浮かべることにだいぶ慣れてきたし、作ることができるようになんとか促したい。

「わたしね、おねがいがありゅの」

大きな瞳をウルウルさせてティナを見つめる。

「どうしたの？」

あまり私からお願いをすることがないので彼女はきょとんとしていた。

「おかし、ちゅくりたい」

私のお願いを聞いて一瞬固まったティナは大笑いをする。

「うふふふ、それはまだ無理よ。もっと大きくなったら一緒にお菓子を作りましょうね」

あぁ、やっぱりこうやって断られる気がした。どうしよう……。

「おねがい」

「危ないわ」

平行線のまま話が進まない。

「うー……」

「ダメなものは、ダメよ」

痺れを切らした私はスッチを仲間にしようと視線を移した。

「スッチ、おかし、ちゅくってみたいの」

「エルが作ってくれたお菓子なら世界一美味しいだろうなぁ」

顔の筋肉をすべて緩めたような表情をして私を抱きしめる。いちいち抱きしめてこなくていいのに……。間近でスッチを見つめて、ものすごく強い眼力を送る。キラキラ瞳光線攻撃！

「エル、そんな可愛い視線を向けてこないでくれよぉ」

「スッチ」

ニコっとして、首を僅かに傾けてみる。

根負けした彼は私を抱きしめながらティナに視線を移した。

「作るのは無理でも、調理場で見せてあげることぐらいいいんじゃないの？」

「うーん、まぁそうねぇ。エルちゃんは、落ち着いていて、いい子だから走り回るようなこともしないと思うし……」

少し悩んだような表情をしたが、ティナは頷いてくれた。

「お邪魔してもいいか料理長に確認しておくわね」

「ありがとぉ！」

これでお菓子づくりへの道が少し開けたかも！

一人でいる時、どんなお菓子を作れるか、調べておこう！

＊＊＊

お昼寝が終わって、のんびりしているところに騎士団長がやってきた。

「エル、お願いしたいことがあるんだ」

「なーに？」

「エルは動物の話していることがわかるんだってな？　実はリーリア王女が飼っていらっしゃる猫が食事をしなくなってしまったらしい。王女は心配で元気がないそうなんだ」

それは、大変！　心配で思わず身を乗り出す。

「お医者さんでも原因がわからないらしい。どこが苦しいのかエルに聞いてもらえないだろうかと国王陛下から連絡が入ったんだが……」

私の行動はすべて国王陛下に報告されているらしく、動物の話していることもなんとなくわかるということまで伝わっているようだ。困っているなら力になってあげたい。

「うん、がんばりゅ」

「ありがとうな。早速、報告してくる」

騎士団長は私の頭をやさしく撫でて部屋を出ていった。

次の日、朝食を食べ終えてから、私はリーリア王女に会いに行くことになった。

緊張しながら馬車に乗っていると、背中を騎士団長がさすってくれる。

「緊張しなくて大丈夫だ」

「う、うん……ドキドキしゅる」

今リーリア王女は十歳らしい。どんな人なのだろうと、考えていると、あっという間に到着してしまう。

王宮は名前をつけてもらう時に来て以来、訪れていない。ものすごく大きな建物で豪華な作りなので、圧倒されていた。

応接室に通され、ふかふかの花柄のソファーに座っているとお菓子を出してくれた。

クッキーが数枚お皿に乗せられていて、横に生クリームが絞られていてイチゴのソースがかけられている。

どんな材料が使われているか頭にパソコンの画面を浮かべてみる。

王宮内で出されているものなので、やはり高価なものなのかな?

分析結果は、高級チョコレートをクッキーに練り込んでいるようで、さすがだなと感心していた。

食べようとした時、部屋の空気が変わり、入り口に視線を動かす。

サラサラのロングヘアは綺麗なブロンド色で私と同じく琥珀色の瞳をしていて、ピンク色のレースがたくさん使われたドレスを着ている可憐な少女が入ってきた。あの人がリーリア王女だろう。

彼女のすぐ後ろには専属のメイドさんがいる。

少女の手には、白くて毛が長い品のよさそうな猫が抱かれていた。

首輪はピンク色で宝石を使っているのかキラキラと輝いている。さすが、王女が飼っている猫という感じだ。私の目の前まで歩いてきたリーリア王女にペコっと頭を下げた。

「はじめまして。リーリアよ。この可愛らしい猫がパロティよ。あなたが不思議な能力を持っているエルね」

「よろしくおねがいしましゅ」

とても美しくて王族オーラのある人だなと感じた。リーリア王女が抱いている猫をソファーに置いて背中を撫で、すごく心配そうな表情をして私に話しかけてきた。

「わたくしがお父様と旅行から帰ってきたら、全然食事をしなくなってしまって……。このままだと痩せて死んでしまうわ」

それは大変だ。

お医者様が診察しても何も問題なかったというのだから、きっと病気ではないだろう。

何か理由があって食べなくなってしまったのだと思う。

私が背中をそっと撫でると、元気がなかった猫が甘えるように近づいてくる。

もふもふスキルが発揮されているのかもしれない。

「ニャー」

細くて高い声を出したにゃんこ。可愛らしい！

私は何を言いたいのか意識を集中させてみる。

「ニャー、ニャーニャオ」

《リーリアが長い間不在にしていたからとても寂しかったの。何度もごめんねって言われたけどどうしても許せなくて……。ご飯を食べなかったら心配してくれるでしょ？　だから、空腹を我慢しちゃうのよ》

そう言っていることがわかり私は苦笑いをした。

「でも、たべなきゃダメでちゅよ」

「ニャー」

「言っていることがわかるのか？」

騎士団長が質問してくるので、私は頷いて通訳をしてあげた。

「おうじょがながいあいだ、おでかけしていたから、しゃみしかったんだって」

「え？」

私の通訳を聞いてリーリア王女は、驚いたように目を大きく見開いた。

「そんな可愛らしい理由でご飯を食べなかったのね？　パロティ！　寂しい思いをさせて

ごめんなさい。愛しているわ」

リーリア王女が、にゃんこを愛情いっぱいに抱きしめた。

表情を見ているとパロティはだんだんと穏やかになっていく。

自分の気持ちが伝わって安心したのかもしれない。

そこに猫の餌が運ばれてきた。ピカピカに磨かれた白い器にいろいろな食べ物を混ぜてペースト状にしたものである。体調が悪いと思われていたのでスープのようなものをあえて準備したのかもしれない。パロティの目の前に置かれると、おもむろに立ち上がって、ペロペロと舌を出して舐めている。

「食べたわ！」

先ほどまで地獄にいるような表情をしていたリーリア王女がパーッと明るくなった。

すごく嬉しそう！

リーリア王女が私のことを抱きしめてくれる。

「エル！　あなたって本当に天才だわ！　この恩は一生忘れないわ。お父様にもたくさんプレゼントを与えるように言っといてあげるから」

「げんきになって、うれちいでしゅ」

「ニャー」

満足した鳴き声をあげてくれたので私も安心した。

問題が解決されると、玄関まで見送ってくれ、盛大に送り出してくれた。

まるで私は英雄になったかのような気持ちだった。

馬車の中でも騎士団長がとても褒めてくれる。

「誰も解決できなくて困っていたのに、エル、本当にありがとう」

「うんっ」

私は人の助けになれたことが嬉しくて満面の笑みを浮かべた。


その日の夜、私の元に可愛らしいバッグとか髪の毛を結ぶアクセサリーとか数え切れないほどプレゼントが届いた。

こんなにたくさんもらっても使い切れないなぁ。

そうだ、私はこの世に生を受けてから街に行かせてもらったことがない。

このバッグとかを持ってお出かけしたいと言ってみようかな。

そんなことを考えていると、今日の夜の担当のマルノスがやってきた。

プレゼントに囲まれている私を見て目を細めて眼鏡をクイッと上げた。

「エル様、たくさんもらったのですね。素晴らしい力を発揮したとお聞きしましたよ。さすがです」

私のすぐそばに来てしゃがみ頭を撫でてくれる。

「かわいいの、いっぱい、にゃの」

「ええ、とても素敵ですね」

「わたし、これをもって、まちにおでかけしたぁいの」

どうしても行きたいという気持ちをこめてマルノスを見つめる。

彼は、困惑したように眉根を寄せた。

「……街はいろんな人がいるので危険だと思います」

「いきたいのぉー」

「エル様……困りましたね」

気持ちが落ち着くように抱きしめてくれるが、私だってもう二歳。

いつまでもみんなに守ってもらうだけの生活では満足ができない。

リーリア王女の役に立つことができて、ものすごく心地よかったのだ。

いろいろな場所に出かけて、困っている人がいれば助けてあげたい！

そのためにも外に行かなきゃ物語ははじまらないと思う。

「エル様も成長されたのですよね。騎士団長がどうおっしゃるかわかりませんがお願いをしてみます」

「ありがとう、マルノス。しゅき！」

嬉しくて彼に思いっきり抱きついた。マルノスは私を大切そうに抱きしめ返してくれる。

「自分もエル様のことがとても大好きです。寝ましょうね」

「うんっ」

私とマルノスは一緒にベッドに入って眠りについた。

＊　＊　＊

それから騎士と国王陛下で話し合いが持たれ、私はなるべく顔を見られないように深い帽子をかぶって、出かけることを許してもらえた。

きっと、顔にある星形のほくろを見られるのを懸念しているのだろう。とはいっても、このほくろにどんな意味があるのかは、魔法について詳しい人しかわからないはずだから、さほど心配することはないのでは？

でも、念には念を入れて出かけたほうが安心だもんね。

来週、ティナと騎士と一緒にお出かけだ！　とても楽しみ！

私がどのバッグを持って行こうか悩んでいると、ティナがやってきた。

「これからお菓子作りをするから、見に行く？」

「いくぅ！」

お菓子を作っているところを見たいと伝えたけど、なかなか連れていってもらえなかったので嬉しい！

　立ち上がってニッコリ微笑む私にティナも微笑んでくれた。

「じゃあ、行こうか」

　ティナと手をつないで廊下に出て、調理場に向かう。

　お出かけが楽しみであることを伝えると、ティナは笑顔で話を聞いてくれていた。

「街に行って、美味しいお菓子があるといいわね」

「うんっ」

「どんなお洋服にしようかなぁ。楽しみね」

「あいっ」

　調理場に到着して中に入っていく。ここに来たのは、はじめてだった。とても広くてたくさんのスタッフが働いていて、活気に満ちており、様々な調理器具が置かれていてかなり充実している。

　うわーすごい！　なんかワクワクしちゃう！　私は感激してキョロキョロと視線を動かした。その一角でお菓子作りをしているグループがあり、ティナとそちらに近づいた。

「すみません……、見学に来ました。お邪魔します」

　ティナが挨拶をして、私も頭を下げた。

「お菓子チームのリーダーのミュールよ。よろしくね。遠慮しないで見ていってね！」

髪の毛を綺麗に結んで、ふりふりのレースがついたエプロンをしている、笑顔が可愛らしい女性だ。気さくな雰囲気だったので安心した。

甘い匂いはしているけど、調理台が高くて見えない。

「みえにゃいっ」

「そうね、おいしょ」

ティナが抱っこして見せてくれると、台の上にはチョコレートがたくさん置かれている。

何を作るのかな？　チョコレートクッキーでも作ろうとしているのだろうか。

もしチョコレートだったら何を作ろうかと、私は頭の中にパソコンの画面を思い浮かべる。

『チョコレート』と検索すると、いろんなレシピが浮かんできた。

やはりチョコレートといえばケーキだ。ガトーショコラとかスフレとか作りたい。

口を出してはいけないだろうけど、どうしても我慢できない。

「エルちゃん、ごめんね、限界」

ティナは私を下に降ろしてしまう。大きくなってきたから重いのかも。残念。

あー、せっかく美味しいお菓子を作るスキルを身につけたのだから、使ってみたい。

ウズウズしている私は、ミュールをじっと見つめた。

「いいことおもいちゅいた！」

私は大きな声を出すと、スタッフがニコニコして私のことを見つめてくるが、手を止めて話を聞いてくれる人はいない。

「あーのーねー！」

どうしても話を聞いてほしくて、大きな声で言うとティナに口を抑えられてしまう。

「エルちゃん、シー！」

「うぐっ」

ミュールがしゃがんで視線を合わせてくれた。

「いいですよ。エルちゃん、何思いついたの？」

「あのね、チョコレートをとかして、たまごは、きみとしろみを、べつべつにしゅるの。しろいところは、あわにして、まぜてやくのぉ」

誰もが真剣に聞いてくれないが、ミュールは真剣に耳を傾けてくれた。

「美味しそうなお菓子ができそうですね。エルちゃんの言う通り作ってみましょうか？」

ミュールが他のスタッフに提案すると、みなさん驚いている。まさか、こんな子供の話を真剣に聞くなんてと信じられないのだろう。

「そうですね。せっかくエルちゃんが来てくれたんだし」

「賛成！」

私が伝えたレシピを作ってくれることになったのだ。

こんな展開になると思わず、私は嬉しく満面の笑みを浮かべた。

レシピはこんな感じ。

チョコレートを湯煎《ゆせん》で溶かしトロトロにする。

次に卵白と卵黄に分ける。

卵黄はチョコレートの中に入れてさっくり混ぜ、そこに砂糖をたっぷり入れる。

卵白は、角《つの》が立つぐらいまでしっかりと泡立てる。

最後にそれをすべて混ぜ合わせて、カップに注ぎ込みオーブンで焼く。

どんなものができあがるかと、みなさん半信半疑のような表情を浮かべているが、私には自信があった。だって美味しいお菓子を作れるスキルを持っているんだもーん。

「どれくらいの時間焼いたらいいかな？」

「じゅう、ご、ふん？」

「エルちゃん、時間なんてわかるの？」

ティナが驚いている。やばい。なんとか、ごまかさなきゃ。と思っていると、ミュールが頷く。

「こんなに幼いので時間がわかるわけじゃないと思いますけど、エルちゃんの勘なのかもしれませんね！　なんだか、才能を感じちゃいます。エルちゃんの言っているように作ってみましょう」

私の言葉を信じて作ってくれたミュールには感謝しかない。

こんな子供にもちゃんと接してくれてありがたい限りだ。しかも、いろいろな意味で助かった。

「じゃあ、焼いてみましょう」

セットしてから、椅子に座らせてくれた。

小さなお菓子をもらって食べながら、時間まで他愛のない話をしながら待つ。

甘くて美味しそうな香りが漂ってくる。順調にできていそうだと期待が膨らむ。

十五分経過後、オーブンから取り出すと、見事にふわふわのチョコレートケーキが焼きあがった。このまま食べても美味しいだろうし、しっかりと冷やしても美味しいと思う。

完成したものを見てみなさん驚いていた。

「エルちゃん、すごいわね……」

「まさかお菓子を作る才能まであったなんて……！」

それでも疑っている人はいて、不思議な顔をされる。

「香りはいいですが、食べてみなきゃわかりませんよ！　まずは食べてみましょう」

「それもそうね……」

食べてみようという雰囲気になり、ミュールがスプーンを持ってきてくれた。

みんなが警戒しながら口に入れる。

どんな反応が返ってくるかドキドキしながら見つめていると、全員の表情が明るくなっていく。目を見て頷き合っている人もいた。

「すごく美味しいわ！」

「エルちゃんったら、天才かもしれない！」

みんなが喜んでくれたのでとても嬉しい。

私も一口食べさせてもらうと我ながら上手にできたと思う。甘くてチョコレートがねっとりと舌に絡みつきたまらなく美味しい。

前世の私ならレシピを見ても絶対にお菓子を上手に作れなかった。なんであんなに下手だったんだろう？　美味しいお菓子を作れるスキルを与えてもらえてよかった。大きくなったらいっぱいお菓子を作って食べちゃおう。

うふふふふと一人で妄想してしまうと、ティナが不思議そうに顔を覗き込んできた。

「どうしたの？　楽しそうね」

「い、いや……なんでもにゃい」

きっと鼻の下を伸ばしていたに違いない。

子供らしい表情をするように気をつけなきゃ。

美味しいお菓子を食べていると騎士らのことを思い出す。いつも私のことをお世話してくれているみなさんに食べさせてあげたいと思ったのだ。

「あの、よっちゅ、もらってもいい？」

「そんなに食べるの？」

ミュールが驚いて笑っているが、私は頭を左右に振った。

「きしさんにあげりゅの」

答えを聞いたミュールがさらに顔をくしゃっとさせて、頭を撫でてくれる。

「あらー、やさしいわね。いいわよ！　持っていってあげて」

「ありがとう！」

「騎士さんたちが喜んでくれるといいわね！」

「うんっ」


ティナにお願いして庭にあるテーブルを飾りつけてもらった。

テーブルの中心部にグラスに花を浮かべて置くと華やかな雰囲気になる。

ケーキに合うような紅茶を用意してくれた。

花柄の可愛らしいティーカップとお揃いの柄のお皿にカップケーキを置く。

準備が整うと、昼休憩をしている四名の騎士を呼び出してもらった。

全員が揃うとイケメンで身長が高いので迫力がある。

「エルちゃんがレシピをアドバイスして作ったケーキです」

ティナが説明すると、みんな驚いたような表情をしていた。

はじめに騎士団長が口に運ぶ。うっとりとしたような表情になり、何度も頷いている。

「ものすごく美味しい！　さすがだ」

「ありがとう」

騎士団長が気に入ってくれたようで安堵した。

続いて、ジークが食べてくれる。美味しいのか、とろけそうな瞳をしたが、彼は周りに人がいると俺様キャラなので笑顔を作らない。

「なかなかだな」

「えーどれどれ」

待ちきれなかったスッチが先輩のマルノスを差し置いて先に食べてしまう。もぐもぐと口を動かして満面の笑みを向けてきた。そして、私のことをぎゅうっと思いっきり抱きしめる。

「エルー、美味しいよ！」

「くるしー」

私が迷惑な表情を向けると、スッチは頬を膨らませて拗ねてしまう。

その様子を見ていたマルノスが最後に食べてくれた。

「ものすごく計算された味です。本当に美味しいですよ」

私たちが楽しくティータイムを過ごしていると、その周りに小鳥さんたちが集まってくる。さえずってくれるのでこの空間が華やかになった。わぁ、まるでことりカフェみたい。楽しい気持ちになっていると、スッチが手をピンとあげた。

「質問です。来週、エルと街に行くのは誰ですか？」

まだ決まっていないらしく、騎士団長は考え込むような表情をした。

「ティナとあと二人だな。あまり大人数で行くとそれはそれで目立ってしまって危険だから」

「そうですか。まだ決まってないんだったらここで決めてしまいませんか？」

マルノスが提案すると、バチバチと火花が散っているように見える。

みなさん私と一緒にお出かけしたいと思ってくれているのだ。

私も全員と一緒に行きたいけれど、騎士団長が二人と言うなら仕方ない。

「エル、誰と行きたい？」

ジークに質問される。彼は俺と言ってくれというような瞳を向けてくる。

「うーん、ジ」

名前を言いかけると、慌ててスッチが間に割って入ってきた。

「眼力送るなんてずるいよ！　ね、エル。僕と一緒に行ったらすごく楽しいと思うんだ。ほら見て」

スッチは近くにあったお花を一本取って、私の目の前にかざす。

手をさささと動かして、次の瞬間そのお花は二本に増えていた。手品的なものを覚えたらしく、披露してくれたのだ。

「おぉ！」

私は口をすぼめて感心のため息を漏らした。子供の私にとってはとても感動的だ。

ジークが小さく舌打ちをしている。

「待ってください。騎士団長が一緒に行くのは決定なのですか？」

マルノスが眼鏡を上げながら質問すると、首を左右に振る。

「いや、決定ではないが……」

ものすごく私と一緒に行きたそうな瞳を向けてくるので、じゃあ「だんちょー」と言おうと思った時、マルノスが提案をしてきた。

「では、公明正大に選ぶためにここで勝負しませんか？」

マルノスの提案に全員が真剣な顔つきになる。って、私と街に行くために勝負だなんて！

仲よく話し合いで決めてほしいよ。

全員が立ち上がった。迫力があるのでティナも唾をごくっと飲んでいる。

「じゃあ、持ってきます」

スッチが走っていなくなった。何を持ってくるのだろう?

しばらくすると紙風船に似たものがついたかぶり物を持ってきた。

全員がその帽子をかぶり手には木の棒を持つ。え……そんな道具があったなんて。しょぼいけど、こういう単純なゲームって面白いんだよねぇ。

「よーい、はじめ」

騎士団長がそう言うと、それぞれが頭の上についている帽子の風船を潰そうとする。

筋肉質で運動神経のいい騎士四名が、棒を剣のように構えて素早い動きをしている。

ただのゲームをしているようには見えない。

全員がものすごく真剣で私は息を止めながら見てしまった。

スコンっ。

パンっ。

さすが騎士団長。ものの数秒で全員の頭の風船を割ってしまった。

「やはり団長には勝てませんね……」

マルノスが参りましたというように息を上げながら言う。

ジークはとても悔《くや》しそうで、これからもまだまだ練習をしていこうと決意に満ちた目をしている。

スッチは諦めていた。

「僕がみなさんに勝てる日が来るなんて何年経っても来ないですよ……。エルの街へのはじめてのお出かけのお供《とも》は諦める」

その言葉を聞いたマルノスはジークを見つめる。

「副団長に勝てる気がしませんので……今回はお譲り致します」

「ああ」

喜びを隠しているのか、ジークは背中を向けて空を見上げていた。

まさか私と街に出かけたいからといって、こんな真剣に戦うなんて思わなかった。

「エル、街に出かける時に、ついていくのは俺とジークだ。楽しんで来ような」

騎士団長が私の頭を撫でたので、ニッコリと笑って頷いた。

強い視線を感じてそちらに目を向けると、マルノスとスッチがとても悔しそうな表情をしている。私は二人に近づいて笑顔を向ける。

「マルノスもスッチも、いつか、いこーね」

「エル！」

「エル様」

私は二人に抱きしめられて困惑顔を浮かべた。

「もう、みなさん溺愛しすぎですよ！　エルちゃんが困ってるじゃないですか」

ティナに怒られて全員が苦笑いをしている。

来週のお出かけを楽しみにしよう。

「紅茶、冷めちゃったので温かいものを用意してきますね」

ティナがいなくなると、私は騎士団長の膝の上に抱っこされた。

たまにはお菓子を作らせてもらって、こうやってみんなでお菓子を食べたい。

ことりカフェにいるような、とても愉快な気持ちだった。

8　街にお出かけしました

今日はいよいよ街へお出かけする日になった。

華美《かび》になり過ぎないように水色のシンプルなワンピースを着せてもらい、白いハットを深くかぶる。

目の色もわかりにくいように眼鏡までかけさせられた。王族が外出しているとなれば、大騒ぎになっちゃうんだって。私は瞳の色が琥珀なだけで、王族じゃないと思っている。

両親のどちらかが王族なのかもしれないけど、気持ち的には庶民の女の子なんだけど……。

「エルちゃん、絶対に帽子を脱いじゃダメよ」

「あい！」

念には念を入れて心配されていた。

外に行けるのだと思うと嬉しくてたまらないので、言うことをちゃんと聞こう！

前世の私はあまり外に出るのが好きじゃなかったのに、エルになってからはいろんなところに行きたくて興味が湧いてくる。

今は成長途中だから、情報を吸収したい時期なのかもしれない。

美味しい食べ物とか、可愛い雑貨とか、おもちゃがあればいいなぁ。楽しみすぎる！


ティナと一緒に玄関まで行くとすでに馬車が用意されていた。

馬車の中に警護対象が乗っていると思われないように、あえて豪華じゃない作りだった。例えていうなら、位の低い貴族が乗るレベルかな。

騎士団長とジークも街人に溶け込むことができるように、騎士の格好はしていない。剣は小さなものを上着の内側に隠して、普通の貴族が着ているような格好をしていた。シンプルな上着にクラヴァット。いつもと違う服装だが、二人ともイケメンなので何を着ても似合う。普段と違うファッションで新鮮だ。

「おはよう、エル」

「だんちょー、ジーク、おはよう」

騎士団長は父親のような慈愛に満ちた瞳を向けてくれる。

ジークはクールに軽く手を上げた。

いよいよ、街にお出かけだ！　馬車に乗り込むと大人三名と、私で満員だった。

ドアが閉まるとゆっくりと車輪が動き出す。街には何が売っているのだろう。期待で胸が膨らんでしまう。

「昨日はちゃんと寝たか？」

実は楽しみすぎて眠れなかった。典型的な子供だと自分にツッコミを入れたくなる。

「はしゃぎすぎたら疲れるかもしれないから、気をつけるんだぞ」

ジークに言われて私は素直に頷いた。


王宮から街まではあっという間に到着した。これなら頻繁に遊びに来られそう。とはいっても騎士らの時間を使わせてしまうので、あまりワガママは言えない。たまに、お出かけできたらいいなぁ。

馬車から降りると、そこにはたくさんのお店があり、買い物を楽しんでいる人々の姿を見ることができた。

「わぁー！」

これだけ広いといろんなものが売っていそうだ。ワクワクしてくる。

私はティナと手をつなぎながらテクテクと歩き出す。

「エルちゃん、あまり走っちゃダメよ」

「あっち、いく！」

見るからに可愛いものがたくさん売っていそうなお店を発見して、テンションがどんどんと上がる。

「ちょっと、エルちゃん」

店の前に行くと、そこには木や石を色付けした飾りがたくさん並んでいて、カラフルなものを見ると楽しい気持ちになってくる。

その隣にはお花屋さんがあった。

さらに隣には靴屋さんがある。

街には何でも揃っているから、目移りしてしまう。

あっちこっち歩く私の手をティナがしっかりとつかんでいた。

騎士団長とジークが目を光らせながら、一緒にいてくれているから安心だ。

細い道に入っていくと、道を挟んで左右にびっしりとお店が並んでいる。

すごい！

「いらっしゃい」

声をかけられるたびに、商品を見てはあれもこれも欲しくなっちゃう。

ほくろと瞳の色を見られないように、大きな帽子をかぶっているので少し見えにくい。

細い道を抜けていくと広場につながっていて、街全体が丸くなっているようだ。

ここは食べ物を売っている一角なのだろうか？　お肉を焼いているようないい香りがした。

走り出す私のことをティナが追いかけて抱きしめてきた。

「エルちゃん！」

「いいにおーい！」

「今日はランチをここで済ませよう」

騎士団長の発言に私は満面の笑みを浮かべる。ずっと、外食をしてみたかったのだ。こちらの世界ではどんなレストランとか、カフェがあるのか興味津々！

「さんせーい！」

喜んで手を上げると風がふわっと吹いて、帽子が飛んでいく。

慌てて帽子を追いかけるティナ。

ジークは自らの上着を脱いで、私の頭から顔を隠すようにバサッとかけた。

私は咄嗟にかけられた上着から顔を出そうとしたが、ジークに押さえつけられてしまう。

ティナが帽子を拾ってきてくれて、頭にかぶせてくれた。

騎士団長とジークの様子をうかがうと、本当に焦ったというような表情を浮かべている。

「……誰にも見られていないでしょうか？」

「わからない」

ちょっと顔を見られたぐらいだったら、泣きぼくろがあることにも気づかれないだろうし、瞳の色だって判別できないと思う。そんなに心配することないのに……。

ま、気にしないようにして何か食べようよ！

キラキラビーム光線を向けると、騎士団長はしゃがんで視線を合わせてきた。

「やはりここで食事をして帰るのは危険だ。今日は風も強いし」

「えー……」

せっかく楽しい外出だったのに、残念すぎる。悲しくて私は思いっきり落ち込んでしまった。

「エル、悪いが帰るぞ」

騎士団長は私のことを抱きかかえると、馬車へと向かって歩き出した。

「だんちょー、もっと、あしょびたいよ、もっと、ここにいたい」

小さなグーで騎士団長の胸をポカポカ叩いて暴れる。

駄々をこねてみるが、私を宥めるように背中をトントンと叩くのだ。

騎士団長にワガママを言ってもどうしようもないことは、わかっているけど、悲しい。

私を守るために苦渋の決断なんだよね。

「ジークに何か美味しいもの買ってきてもらおう。俺たちは馬車の中で待っていよう」

騎士団長に諭されるが、納得したくない。

瞳に涙を浮かべてしまう私を見て騎士団長は眉根を寄せていた。

馬車の中に乗っても私は不機嫌なまま。

王族の血が流れているとか、魔力が強いとか、そんなのどうでもいいのに。

私は特別な力はいらないから、もふもふと遊んで美味しい物を食べてのんびり暮らしたい。

ジークがベリーを練り込んだパンを買ってきてくれた。

「ほら、エル、これはこの街で一番美味《うま》いと言われているパンなんだ。甘くて美味しいぞ?」

私に元気になってもらおうとして言っているジークの気持ちが伝わってくる。ティナも騎士団長も心配そうな瞳を向けてきた。

馬車が動き出し、街から遠ざかっていく。また、いつか来れたらいいよね。せっかく甘いパンを買ってくれたんだから、食べよう。

口元に差し出されたので大きく開いた。ベリーがほんのり感じられて、小麦の香りが鼻を抜ける。本当に美味しいパンでビックリ!

「おいちい!」

ニッコリとすると騎士団長とジークが安堵した表情を浮かべた。ティナは、やさしい目で見てくれている。結局、私ったら食べ物で機嫌がよくなっちゃうんだよね!

その日の夜から、私は不思議な現象に襲われるようになった。

眠っていても常に誰かに見られているような気がするのだ。

気のせいかなと思って過ごしているけれど……、なんか、嫌な予感がしていた。

＊　＊　＊

街に出かけてから数日後、今日はとても月が綺麗な夜だ。

スッチとカーテンを開けたまま月を眺めてそのまま眠りについた。

気持ちよく一緒に眠っていたが、スッチはお手洗いに行ったのか私のベッドからいなくなった。

すぐに帰ってくるよね。そのまま眠っていよう……。ウトウトしていると、パリン！と何か割れるような音がして、瞳を開いた。風が入ってきたので窓を見ると割れている。

一体、何？　次の瞬間、体が宙《ちゅう》に浮いた。え？

訳がわからなくて驚きすぎた私は体が固まる。

髪の毛と瞳が紫色の女性が私のことを抱きしめた。

「だ……れ？」

「シー」

黙るように言われて思わず従ってしまう。

全身黒ずくめ。外には金色のステッキが浮いている。もしかしてこれに乗ってきたの？　この人は、もしかして……魔女？　絶対、怪しい。

大きな声を出そうとすると、口を布で覆われる。意識を失うまで、ほんの一瞬だった。


目が覚めると薄暗くてジメジメした空間に寝かされていた。ここはどこなの？　さっき、体が浮いたけど……また死後の世界？　頭が痛くて混乱しながら瞳を動かすと、紫色の瞳と目が合う。

「起きたわ！」

「うっ」

この女の人、ティナじゃない。

知らない人が私の顔を覗き込んでいて恐ろしくなり、目に涙が溜まってきた。

「ううううっ」

「泣かないで！」

「うわぁーん！」

彼女は、大声で泣く私に驚いたようで耳を手のひらで押さえながら、あたふたしている。

「子供の扱いなんてわからないから、誘拐なんて嫌だったんだよ～」

今、間違いなく『誘拐』と言った気がする。私、誘拐されたの？　なんのために？　恐怖心が湧き上がってきて、そのまま固まっていると、もう一人、瞳と髪の毛が緑色の女性がやってきて、私の顔を見つめてくる。

「でも、私たちが生き延びるにはこの道しかないじゃない？」

そう言った緑色の女性が、やさしい笑みを浮かべてうっとりしている。

「本当に可愛らしい子供ね」

「そうなのよ。驚くほど美少女よ」

二人で話をしてから、私に微笑みかけてきた。

「あなたのこと食べないいし、痛いこともしないから、怖がらなくていいわよ。私はルーレイ。よろしくね」

緑色の人に続いて紫色の人が名前を言ってくれる。

「私はジュリアン」

二人ともまだ若そう。

体が震えてどうしようもない私をルーレイがやさしく抱きしめてくれた。その手が予想以上に温かくてホッとする。

「こんな思いさせてごめんね。私たちは市民権が欲しいだけなのよ」

ものすごく悲しそうな声で言うので、これはただ事ではないと思った。

この人たちの話す内容から、彼女らは女性の魔術師で『魔女』と言われている存在なのだろう。騎士のみんなが話していた、魔女。悪い人みたいなことを言ってたのに、怖い感じではない。

「まじょ、なの？」

私はおそるおそる質問すると、ジュリアンはムッとした表情になる。

「女性の魔術師というだけで、魔女じゃないのに、ある事件のときから魔女と呼ばれるようになって、世間から疎外《そがい》されるようになったの」

「ごめんなさい」

ぺこっと頭を下げるとルーレイがカラカラッと笑う。

「まだ子供なのに空気を読んで偉い子だね」

頭をガシガシ撫でられ、私は苦笑いをした。

「大丈夫。きっと優秀な騎士らがすぐにここを見つけ出すと思うわ。それまでここで暮らしていてほしいの」

「エルはものすごい魔力がある。女なのに警護対象でしょ？　エルを引き換えに市民権を得ようという作戦なのよ」

言っていることは理解できたが、どうして私が警護対象だということを知っているのだろう。

「なんで、わたし、なにょ？」

首をかしげて質問すると、ルーレイが頷いて説明してくれる。

「たまたま見てしまったの。変装して街に出かけた時に魔法の匂いがして……。まさかこんな小さな女の子から匂いがするなんて思わなかったから、驚いて後をつけたの。そうしたら帽子が吹っ飛んで……星の形をしたほくろを発見したわ」

はじめて街に出かけた時のことを思い出した。

誰にも見られていないと思っていたのに、たまたま女性魔術師に見られていたとは……。隠していても魔力の匂いがするなら、隠しきれないのかな。

「琥珀色の瞳をしているのに魔力を持っている。それは警護対象にするだろうなと思ったわ。怖い思いをさせて申し訳ないけれど、エルを手に入れることができれば、多くの女性魔術師が救われるのだと考えて誘拐したの」

そういうことだったのか。

「サタンライオンをたおしぇなかったから？」

「こんなに幼いのにそんなこと知っているのね」

ルーレイは力なく笑って、頷いた。

子供相手なのにルーレイは丁寧に説明してくれたのだ。

ここは、街で暮らすことが許されなくなった女性魔術師たちが、ひっそりと暮らしている洞窟らしい。コウモリが飛んでいて不気味な空間だが、私はコウモリとも仲よくなれそうな気がしていた。

「私たちは、変装する魔法も使えるから、普段買い物に行く時とかは一般人に混じって生活しているの。でも、寝込みを襲われてしまっては困るので、こういうところでしか生活できないのよ」

「しょっか……」

この中には必要最低限のものしか置かれていない。

ワラを敷き詰めたベッドと小さなテーブルと、ランプ。

これは大変な暮らしをしている。しかも、こんな自然豊かなところだと野生の動物がいて恐怖心もあるだろう。

私のようにもふもふスキルがあればまだしも、外に出るのは怖いのではないかな。

魔法でなんとか回避しているのかもしれないけど……。

「エル、短い時間かもしれないけれど、一緒にサタンライオンを倒す方法を見つけましょう」

「た、たおしゃにゃい。ライオンさん、わるくないの」

私は立ち上がってなんとか阻止しようと大きな声を出した。

先ほどまで穏やかだった私の豹変ぶりに、ジュリアンとルーレイは目を大きく見開いている。

ルーレイが私を抱きしめて背中をさすってくれたので、少し気持ちが落ち着く。

「ごめんね。そんなに必死になるということは、何か知っていることでもあるの？」

コクリと頷いた。

「ひとをおじょわないって、いってたの」

「……え？」

二人は目を合わせて不思議そうな表情をした。私は必死で身振り手振りを交えて伝える。

「もりで、あったの。ひとを、おしょわないって、ライオンしゃん、いってたんだもんっ」

「わかった。エルの言ってることを信じるわ。でもね、とても危険な存在だと言われているのよ。だから、もし遭遇《そうぐう》してしまっても近づかないほうがいいわ」

「ちがう！」

私がそれでも食い下がって言うものだから、二人は納得してくれたようだった。

「女性魔術師を信じてもらえないのと同じなのかもしれないわね」

ジュリアンがおもむろに言うと、ルーレイは反論せずに頷く。

「エルの言う通りかもしれない。サタンライオンは悪さをしないとマーチンさんも言っていたわ。今まではどこか彼の言うことを疑っていたけれど、本当なのかもしれないって、エルの発言で確信を持ったわ」

「私も」

二人が話していることに私は耳を傾けていた。マーチンって誰なんだろう。

「エル、明日、獣人研究家のところに一緒に行ってもらえない？」

ルーレイにお願いされたので、私は頷いた。

「星のほくろが体に出てくる人なんてほとんどいない。いや、奇跡に近い確率だと思うわ。彼なら何か知っているかもしれないから、ぜひ会ってほしいの」

「うん」

私もその獣人研究家とやらに会って、サタンライオンが危険じゃないということを伝えたかった。

「エルはなんで騎士寮で暮らしているの？　たしかあそこは独身寮なはずだけど……」

ルーレイが不思議そうに質問してくる。

「おかあしゃんに……しゅてられたの」

悲しい声で言うとルーレイは思いっきり、抱きしめてくれた。

「そうだったのね……」

私は生まれた直後に森に捨てられたことを話し、騎士がたまたま見つけて助けてくれたことを伝えた。その話を聞いた二人はものすごく悲しそうな表情を向けて、頭を撫でてくれる。

「辛い話をさせてしまってごめんね」

「私たちのこと、家族だと思っていいから」

そう言ってくれた二人の表情がすごくやさしかったので、私は何だかすごく安心した。

外の明るさを感じない空間なので、今が何時なのかも全然わからない。

いい香りが漂ってきた。食事の用意をしているようだ。

「大したものを食べさせてやれなくて悪いけど、スープ食べる？」

ジュリアンが問いかけてきたので私は頷く。この環境にも慣れてきたせいか、すごくお腹が空いている。どんなものを食べさせてくれるのだろう。こんな環境だしあんまり期待してはいけないと思いつつ、お腹がペコペコだ。

ボロボロの木の器にスープが盛られて、目の前に置いてくれる。

「どうぞ、召し上がれ」

「いただきましゅ」

スプーンを手渡されるがまだ上手に食べられないのでこぼしてしまう。

「うふふ、まだ子供なのね」

ルーレイが拭いてくれて、スプーンですくって食べさせてくれる。

ほとんど味がしないお湯を飲んでいるような感じだったけれど、木の実のようなものがぷつぷつと入っていた。

「美味しくないでしょう？」

ような気がした。

今頃、騎士寮は大騒ぎになっていそうだ。心配しないでね。私は元気に過ごしているから。

みんなに、会いたい……。ティナ、だんちょー、ジーク、マルノス、スッチ。

食事を終えるとウトウトとしてくる。慣れない環境に疲れてしまったのかもしれない。

数人が入ってくる気配がする。

女性の魔術師たちだろうか。みんな黒い服を着て何やらしているようだ。

「ルーレイ……」

「どうしたの？」

名前を呼ぶと安心させるように近づいてきて頭を撫でてくれる。

「何も不安がることはないよ。ゆっくり眠っていてね」

「みんな、なにしてりゅの？」

「魔法石を磨いているのよ。毎日磨いたほうが効果が高まるの」

「まほうせき？」

「そうよ。手から魔法出すのは少し時間がかかるから、石に魔法を入れておくことがあるの。そうすればいざという時にすぐに使えるのよ」

見てみたくて体を起こすと、魔術師たちは手をかざしてなにやら呪文を唱えている。そして石に光を注いでいるのだ。

私も適当に手をかざしたら手が痒くなって石が綺麗になったことがあった。それと同じかな？

「こうやって手から魔法を出すのにもたくさん勉強して魔術師になるのよ。苦労して学んだのにサタンライオンを倒せなかったからって……」

悔しそうな表情を浮かべている。私は騎士団長や国王陛下にも、女性の魔術師が悪い人ではないのだと伝えたいと強く思った。

「気にしないで寝ていてちょうだい。何かあったらすぐに声をかけていいからね」

「うん」

私はお腹もいっぱいになったし眠たくてたまらないので、そのまま眠ることにした。

9　星空はダイヤモンドが散りばめられているみたいでした

基本的に女性魔術師は、暗い時間にしか行動をしないらしい。

真夜中に起こされて、私はぼんやりとしていた。

「エル、ごめんね。太陽が昇る前に獣人研究家に会いに行きたいの」

「いまなんじにゃの？」

「一時」

眠たい目を擦ってなるべくこの状況に対応しようとするが、体力がまだまだ子供なので辛い。あくびが止まらない状況だけれど、ジュリアンが私のことを抱き上げた。

「結構重たいのね」

失礼だなと思って口を尖らせるとケラケラと笑っている。

「怒らないで。あなたも女子なのね。ごめん、ごめん」

私のことが可愛くて仕方がないのか頬ずりをしてくるのだ。

このベタベタする感じ、スッチに似てる。

急に思い出してみんなに会いたくなってきた。私がいなくなってものすごく心配をしているだろう……。早く帰りたい。

私を産んだお母さんは私を捨てた。そして、騎士に助けてもらった。

あの騎士寮には誰一人血のつながっている人はいないけれど、自分にとって実家はあそこなのだと実感する。


洞窟から外に出るとジュリアンは、金色のステッキの上に跨るように立った。……日本にいた時にほうきに乗って飛ぶ魔女の話があったけど、まさにそれっぽい。

「もしかして、おしょら、とぶにょ？」

「そうよ。一つ山を越えて行かなきゃいけないから急いでいるの」

金のステッキで空を飛ぶなんて恐ろしい。

私が誘拐された時も同じように来たのだろうけど、意識を失っていたので恐怖心はまったくなかった。

震えてしまう。高いところから落ちて死にたくないい〜！

「大丈夫よ。私がしっかり抱きしめているから」

「……う、うん」

ジュリアンの胸にしっかりとしがみつく。怖いけれど獣人研究家に会いに行かなければ話が進まない。彼女のことを信じて空を飛ぶ覚悟をした。

ふわっと体が重力に反して浮いていく。恐ろしくて私は目を開けることができない。

ものすごい風の抵抗があり、吹き飛ばされてしまいそうだ。

「きゃあああ」

「そんなに怖がらないで」

空高く体が浮いていく。

こんな経験をしたことがないので気絶しそうになっていた。

ある一定のところまで行くと揺れが全然なくなり、普通に椅子の上で抱っこされているような感覚になる。

「エル、星が近くに感じるわよ。お月様もすごく綺麗なのよ。見てごらん」

ドキドキしながらゆっくりと目を開けると、もうすでにかなり高いところまで来ていた。

ここから落ちてしまったら絶対に怪我をしそうだ。というか命の保証はないと思う。

震えながらしがみつくとルーレイが近づいてきた。彼女もステッキにまたがっている。

こんな高いところを飛んでいるのに、平気そうな顔をするなんてすごすぎる。

緊張しながらも私は空を見上げると、満天の星空が目に飛び込んできた。

ダイヤモンドが空で輝いているようにとても綺麗なのだ。

「しゅごい……」

こんな景色を見たことのない。

日本にいた時に見た観光地の夜景よりも数百倍美しかった。

「夜のお空の散歩は最高なのよ」

先ほどまであんなに恐怖心が大きかったのに、私はだんだんと慣れてきて景色を眺めることができていた。


空の散歩に慣れてきた頃、山を越えて到着したのは小さな街だった。

誰もが寝静まっていて、外を歩いている人は一人もいないので、地上に降りても変装することなく歩いていた。

木造の小さな一軒家に到着しルーレイがコンコンとドアをノックする。

中から応答がないのに彼女は扉を開いた。

部屋の中はランプでかろうじて光がついている程度。

本当に入っても大丈夫なのかと心配していると、ジュリアンが私の手を引いて中に入っていく。

「マーチンさん」

そう名前を呼びながら奥へ進んでいくと、机に向かって座っているふくよかな老人男性がいた。髪の毛が真っ白で眼鏡をかけていて、かなり耳が遠そうだ。

「マーチンさーん」

ジュリアンの大きな声にビクッとした彼は、目を開いた。椅子に座ったまま眠っていたようだ。部屋の中にはものすごい数の本があって本の中に埋もれて寝ていると言っても過言ではない。この人が獣人研究家？　っぽいけど。

「おうおう、ルーレイとジュリアン」

話をするのもやっとというような雰囲気だ。かなり年齢がいっていて、体力がないのかもしれない。

私の姿を目にするとマーチンは眼鏡をかけ直して顔を近づけてきた。

「こんなに幼い子供を真夜中に連れ歩いては可哀想じゃないか」

「そうなんですけど、どうしてもマーチンさんに会わせたかったんです」

ルーレイが言うと、マーチンはホッホッホと愉快げに笑った。

人間なのに魔術師を悪く思っていないのだろうか？　彼女らとマーチンはかなり心が通っているように見える。

「エルでしゅ」

「ちゃんとご挨拶もできるのじゃな。いい子だ」

頭をポンポンと撫でられた。

「この子、星の形をしたほくろが目の下についているんです」

「ほうほう。目が悪くなってしまってよく見えないんじゃが……。ここについている点が星の形をしているのかね？」

左目の下あたりを太い指がツンと押した。

「柔らかい肌じゃ。可愛いのう」

のほほーんとしたマーチンの雰囲気に、私は前世の自分のおじいちゃんのこと思い出した。孫の姿を見るだけで可愛くてたまらないといった表情をして、ものすごく愛してくれた。だから、死んじゃった時は、悲しくて涙が枯れてしまいそうになるまで、泣いたんだよね……。

「そうよ。確か前に教えてくれたことがあったじゃない。星のほくろを生まれながらに持っている人は、強い魔力があるって」

「おう、たしかに言った」

マーチンは深く頷いている。そんな彼にルーレイは私を誘拐した経緯を話す。

「騎士寮から誘拐してきたとは……。見つかったらどうなることやら……」

「だって、私たちだって普通の一般市民のように暮らしたいわ」

ジュリアンが必死で伝えると、マーチンはすべてわかっているというように頷いている。

「もう少し目がよければ、はっきりと星の形が見えたと思うんじゃが、残念だ。エルは動物の声が聞き取れるのか。なんとも羨ましい。ワシも何度かサタンライオンに出くわしたことがあった。あいつらの目を見たらわかると思うけれど、とてもやさしい瞳をしているんじゃ。悪いことをするとは思えなくて、それから研究をはじめたんじゃ。ところがなかなかサタンライオンが危険じゃないということを証明できなくて……。ここまで年を重ねてしまった」

話すのもやっとという感じで、聞いているこちらも苦しくなってくる。

「サタンライオンが危険じゃないと言っているマーチンの研究が、証明されることを私たちも願っているの。そうすれば、サタンライオンを魔術で倒せなかった私たちのことも悪く言う人がいなくなると思うから」

なるほど。そういうことだったのか。

私以外にも、サタンライオンが悪さをしないと証明したいと思っている人がいて嬉しかった。

ゆっくりと椅子から立ち上がったマーチンが、積み上げられた本の中から何かを探している。その中から一冊取り出して、パラパラとめくって虫眼鏡を使いじっくりと読む。

「古い本の中からこれを見つけることができたんだ。読み上げるから聞いておくれ」

私たちはマーチンの朗読に耳を澄ませる。

『獣人は悪さをしない。この世界を支配しようとした悪魔が魔法をかけた存在である。五つの宝石を集めてから、呪文を唱えると呪いは解ける。この世に選ばれた者のみが唱える呪文が有効だ』

「この世に選ばれた者って……」

ジュリアンがマーチンをじっと見つめる。

「星のほくろは、滅多に出てくることはない。五つの宝石を集めてエルが呪文を唱えたら、きっとサタンライオンの呪いが解けるのではないかと、ワシは思う。確証は残念ながらないが、きっと、呪いが解けると今、すごく思うんじゃ」

そんな重要な使命を持って生まれてきたなんて、私にはかなりの重圧だ。

「この本に書かれている。宝石を集めて、なんとか呪いを解いてほしい」

本を渡された私にはまだ重くて一人では持てない。

とても分厚い本だった。この中に呪文が書かれているらしい。

「宝石を見つけることができた時に、ちゃんと呪文を唱えられるよう練習をしておく必要があるな」

サタンライオンの苦しそうな鳴き声を思い出すと、呪いを解いてあげたいと思う。

私にその力があるのなら是非やってみたいけれど……。

マーチンがゴホゴホと咳き込んだ。

あまり体調がよくないのかもしれない。

ルーレイがマーチンの肩に布をかけてあげている。

「ここまで調べてくれてありがとうございます」

「エルが呪いを解く日を見届けることができればいいのじゃが……」

ジュリアンとルーレイは唇をかみしめて悲しそうな表情を浮かべている。

「うん！　みてほちい、ぜったい」

私は少しでもマーチンに長生きしてほしくて元気いっぱい話しかけた。

マーチンは柔らかい笑みを浮かべて、私の頬をシワシワになった大きな手のひらで包み込んだ。

太陽が昇る前に帰らなければいけない。

本を大切に鞄に入れて私たちはマーチンの家を出た。

心の中で『また絶対に会おう』と約束していると、ルーレイが私のことを抱きしめながら空高く飛びたった。


洞窟に戻ってくる頃、空は明るくなっていた。朝日で空がだんだんとオレンジ色に染まってきて、太陽が昇ってくるところを見たいなと思っていたけれど、女性魔術師たちは明るい所には行かないで暮らしている。仕方がないので私も洞窟の中に入った。

あーあぁ、朝焼け、見たかったなぁ。

「五つの宝石ね……」

残っていた魔術師たちに本を見せながら説明をするルーレイに、全員が難しそうな表情を浮かべる。

「すぐに集めることができればいいけれど……。時間がないと思う。それにエルちゃんだって呪文を覚えなきゃいけないし」

「呪文は最後のページに書かれているみたいなんだけど……かなり、長いのよ」

ジュリアンがため息交じりに言う。

魔法だってまだちゃんと使えず、言葉もまだうまく話せない私が、長い呪文を覚えて呪いを解くことができるのだろうか？

「その前に騎士らがエルを見つけにくるわ」

「私たちは結局、市民権を得ることができないのよ……」

ものすごく暗い空気が流れている。自分がもっと大人で自由に魔法を使えることができれば、助けてあげられる人がたくさんいるのに、もどかしい。

「みんな、げんき、だしゅんだよ」

私が立ち上がって明るい声で言うと、全員の視線がこちらに向いた。

彼女たちに元気になってほしくて笑みを浮かべると、みんな柔らかな瞳になった。

10　四名の騎士が口にお菓子を運んでくれました

女性魔術師の住処である洞窟にやってきて三日が過ぎた。

みんなやさしくて可愛がってくれるので恐怖心はないが、ずっと暗い中にいると気持ちが参ってくる。明るいところで生活しなかったら、参っちゃうよ……。

森に散歩に行こうと誘おうと思うけれど、きっと誰も連れていってくれないだろう。暗い時間になるまで待っててねと言われるのがオチだ。

あーもふもふに触れたいっ。

私が暇にしているのをルーレイが心配そうに見ている。

「エル、遊ぼうか」

「うん！　おしゃんぽいく？」

「ごめんね、外には行けないのよ」

彼女は一個の石を持ってきた。

「いーい？　これをよく見ていてね。魔法の力で一瞬で四個にしてあげるから」

手のひらをかざすとルーレイは呪文を唱えはじめた。

何て言っているのか全然わからない。あっという間に石が四個に割れる。

「しゅごい」

びっくりしたけれど魔法をこんな暇つぶしに使ってもいいのだろうか？

「じゃあ、次ね。エルの頭にうさぎさんの耳をつけてあげる。エイっ」

ボンッと、頭に風が吹いて、次の瞬間何かが乗っかったような感覚になった。

おそるおそる手で触れてみるともふもふとした感覚がある。

「え！」

「うふふ、すごく可愛い！　自分の姿を見てみたいわよね。そこに鏡を作ってあげるから壁を見てごらん」

言われた通りに背中を向けて壁を見てみると、ルーレイは魔法で鏡を作ってくれた。ドキドキしながら鏡を見ると、紛れもなく白い耳がついている私が映っていた。

「おお！」

ルーレイがパチンと指を鳴らすと、鏡が消えて頭も軽くなる。魔法が解けたのだろう。

「あまり長い時間魔法を使うとエネルギーが足りなくなるから、これくらいで許してね」

「うん！」

貴重な体験をさせてもらった！

楽しい時間だった！

私はルーレイの目の前までペタペタと歩いて近づく。

「わたしも、れんしゅうしたら、ちゅかえる？」

「エルは生まれながらにして強い魔力を持っているから、必ず使えるようになると思うわ。魔術師になりたい人は、小学校を業してから魔術学校に入るの。それでも全員が魔術師になれるわけじゃないのよ」

「じゃあ、ルーレイは、ゆうしゅう、にゃのね！」

「人一倍努力したからね。でも、女性の魔術師は……。もうこの話は悲しくなるからやめましょう」

こんなに優秀で力がある人なのに、暗い洞窟で暮らしているなんてもったいない。

なんだかうまくいかないことがいっぱいで、もどかしい。

そう思いながらぼんやりしていると、外が騒がしくなっている。

この空間に一緒に過ごしている魔術師たちも、警戒したように入口を見つめていた。

「きゃあああああああ」

悲鳴が聞こえる。これはただ事ではない。

そこに一人の魔術師が呼吸を乱しながら入ってきた。

「騎士団がここを見つけて襲撃に来たわ」

「え！」

慌てふためく魔術師の中で、ルーレイだけは冷静な表情を浮かべている。

「思ったよりも早かったわね。さすが優秀な騎士団ね」

そうつぶやくと、ルーレイは私のことをそっと抱きしめた。

「短い時間だったけれど、エルと過ごせたことはとても貴重だったわ」

「ルーレイ……」

もし彼女たちが騎士団に捕らわれてしまえば、処罰の対象になってしまうだろう。私のことを誘拐したので最悪、死刑になってしまうかもしれない。

そんなのは絶対に嫌だ。

「五つの石を見つけてね。頑張って、呪文を覚えて、呪いを解いてあげてほしい。私たちのことをずっと信じてくれていたマーチンのためにも」

ルーレイは自分が重い罰を受けることを覚悟しているようだ。

私はそんなことは絶対に嫌で涙が瞳に溜まってくる。ルーレイの手をしっかりとつかんで頭を左右に振る。

「ルーレイ……も、いっしょだよ、しゃがすの！」

涙ながらに訴える私の頬もやさしく包み込んでくれた。

「エルは本当にいい子だね。大好きよ」

ドタドタと洞窟の中に騎士が剣を向けながら入り込んできた。

「エル！」

「だんちょー！」

「その子から手を離せっ」

大勢の騎士団の先頭に立っているのは騎士団長だ。

物騒《ぶっそう》な空間になり私は震え上がった。

ルーレイは言われた通りに私から離れて両手を上げる。

他の魔術師たちも全員が観念したように手を上にして降参ポーズをした。

このままではやられてしまうと思った私は、慌てて立ち上がり、ルーレイの目の前で両手を広げた。

「やめて！」

「エル……」

ルーレイが涙声でつぶやく。

私は彼女たちが悪い存在ではないということを、自分の話せる言葉で精一杯伝えようと思った。

「わりゅくないの！　まじょじゃない！　いしがあれば、ライオンしゃんが……なおるかも、なのっ」

自分が子供であることがこんなにもどかしく思ったことはない。

ちゃんと説明することができれば伝わるかもしれないのに、わかってもらえないのが辛くて大粒の涙がポロポロと溢れてきた。

「エル、おいで」

騎士団長がやさしい声で私の名前を呼ぶ。持っていた剣をしまって、両手を広げた。

彼の元に歩いていきたい気持ちは山々だが、ここで行ってしまえば、私のことを誘拐したルーレイやジュリアンが囚われる。

「あ、あのっ……私たちも調べてわかったことを聞いてもらえませんか？」

ジュリアンがマーチンからもらった本を見せながら震える声で訴える。

騎士団長は険しい表情を浮かべながら、頷いた。

「許可しよう」

許可をもらったジュリアンは、震えながら説明をはじめた。

石が必要なこと、呪文を唱えて呪いを解くこと。

それができるのは特別な存在である、私の可能性が高いということ。

話を聞き終えた騎士団長が目を細める。

「主張はわかるが、それでもこんなに幼い子を誘拐するのはいけないことだ」

今までに聞いたことがないくらい低くて怖い声だった。

洞窟の中はシンと静まり返る。ルーレイが立ち上がって一歩前に出てきた。

「申し訳ありませんでした。これは私が提案したことです。私は罰を受ける覚悟をしております。どうか、他の仲間は助けてもらえないでしょうか」

「いやっ、ルーレイは、わりゅくないの！」

私が大声で泣き叫ぶ。必死でお願いし過ぎて血圧が上がったのか、頭がクラクラとする。

でも、絶対に助けたい。

「わりゅくないのー！」

目の前がぐるぐると回り出し吐き気に襲われる。

そのまま私はそこで気を失ってしまった。

次に目が覚めたのは、私が育てられた騎士寮のベッドの上だった。

「ルーレイ！　ジュリアン！」

彼女たちのことが気になって大きな声で名前を呼ぶと、目の前にいるのはティナだ。

顔を歪《ゆが》めて今にも泣きそうな表情をしている。

「ティナ……」

「エルちゃん、ごめんね。私がちゃんと守ってあげなかったから……」

真夜中に誘拐されたので、ティナが悪いことは何一つない。私のことを思いっきり抱きしめて、取り乱しながら泣いている。心配させてしまったことに、心が痛んだ。

「ごめんね、だいじょうぶだから」

私が目を覚ましたことに気がついた騎士が部屋に入ってきた。

顔を確認すると、オレンジ色の瞳をしているスッチだ。

「エル！」

私が誘拐された日に一緒に眠っていたのはスッチ。

彼はいつも元気で満面の笑みを浮かべているのに、今日はものすごく暗い。

「……僕のせいだ。本当にごめん。ごめんじゃ済まされないことだよね……」

こんなに落ち込んでいる彼をはじめて見た。

「僕は、騎士失格だ。一番大事な存在を守ることができなかった」

がっくりと肩を落としているスッチの手をそっと握る。

「スッチ、げんき、なってね？　ね？」

いつもベッタリくっついてくるので、ちょっとうざいと思っていたけれど、彼は明るくてその空間にいるだけで、周りを楽しい気持ちにさせてくれる人だ。どうか元気を取り戻してほしい。

「目を覚ましたことを伝えてくるわ」

ティナが部屋を出ていくと、スッチは大粒の涙をぽろぽろと、こぼしはじめた。

私の小さな胸に顔を寄せてきてワンワンと泣いているのを慰める。

「スッチ、なかにゃいの……」

「ごめん……、エル、ごめん……」

そこに騎士団長とジークとマルノス、ティナが入ってきた。

スッチが慰められている姿を見て、騎士団長が複雑な視線を向けながら近づいてきた。

ジークとマルノスも、心底心配しているような瞳を向けてくる。

スッチは涙を流しながら、私から離れて立ち上がる。

そんなスッチの肩を叩いて元気づけた騎士団長が、私に近づいてしゃがんで目を合わせてきた。

「エル、目を覚ましてくれてよかった。怖い思いをしただろう……?」

「だんちょー、まじゅつししゃんは?」

「大丈夫だ。何も心配することはないよ」

私は騎士団長の瞳をまっすぐと見つめる。

「なんだ、疑っているようだな?」

素直にこくりと頷くと騎士団長は、彼女たちが無事であることと重い罰は与えないということを教えてくれた。一安心したけれど、女性魔術師たちの本当の目的は市民権を得ることだ。

「ふちゅうに、くらしたいって」

「それについてはもう少し待ってくれ。あの持っていた本が本物かどうか調べているところだ。マーチンという持ち主にも会いに行っている」

ちゃんと調べてくれていることに私はひとまず、ホッとした。

「とにかく、エルが無傷で帰ってきてくれたことが嬉しい」

騎士団長が私のことをぎゅっと抱きしめる。ジークもマルノスもスッチも近づいてきて、全員が温かい眼差しで私のことを見ていてくれていた。

ここに帰ってくることができて私も嬉しい。

みんなと離れて、私は本当に愛されていたのだとさらに感じることができた。

どうか女性魔術師たちが普通に暮らしていけますようにと、今は祈るしかなかった。

＊　＊　＊

今日はとても天気がいい。

日差しが暑すぎるくらいだが、青い空に白い雲が浮かんでいて気持ちのいい日だ。

スッチは騎士を辞めることを考え直してくれ、これからも一生懸命務めていくと言ってくれた。どうにか思い留まってくれて安心している。

しかし、夜のお泊り係からは降ろされてしまった。

その代わり、騎士団長が日数を増やして一緒に眠ってくれている。もう、誘拐されることはないと思うんだけど、かなり警戒しているみたい。

少しの間落ち込んでいたスッチだけど、今ではすっかり元気を取り戻した。

いつも私にベタベタしてくる。大型犬の属性が復活したようだ。ちょっぴりうざったいけど、それがスッチらしくていい。

私が無事に戻ってきて、日常生活を取り戻してからというもの、今まで以上に四名の騎士らは気にかけてくれるようになった。

私は、庭で小鳥さんたちと遊んでいた。とっても癒される。いろいろあったけど、最近は落ち着いて気持ちも穏やかに過ごしている。

ピーヨピヨ。

これはオカメインコさんにそっくりの鳥さん！

愛らしい瞳を向けられて、私の胸はキュンキュンしまくっている。

「かわいいね」

ピュー！

楽しく鳥さんと遊んでいると、時間を見つけて騎士らが集まってくる。

「今日の担当は俺だが……」

せっかくジークと遊んでいたのに、他の騎士たちがやってきた。しかも手には美味しそうなお菓子を持っている。

私を囲むようにして四名の騎士が口にお菓子を運んでくるのだ。

騎士団長はイチゴの乗ったケーキを持ってきた。

「エル、あーん」

一口食べるとイチゴの酸味が酸っぱくて顔をしかめてしまう。

「あれ、あまり美味しくないか？」

「しゅっぱいの」

次にジークがクッキーを口に入れてくれた。

サクサクしているけど、ちょっと粉っぽくて甘みが足りない。

「どうだ？」

「うん、まあまあかなぁ」

苦笑いする私にマルノスが眼鏡を上げながら顔を近づけてきた。

「エル様、ではこちらを食べてみてください。オレンジゼリーでございます」

口に入れてくれるが、これもやはり酸っぱい。

「あまりお口に合わなかったようですね……」

続いてスッチが私の口にチョコレートを放り込んでくれた。

これはかなり、濃厚で甘くてすごく美味しい。

ピカピカの笑みを浮かべると、スッチは自慢げに語りだす。

「エルが喜んでくれるように奮発《ふんぱつ》して買ってきたチョコレートなんだ。美味しそうに食べてくれて嬉しいな」

他の騎士の落胆した表情を見て、私はどうにかフォローをしなければと考えていると、大きなため息が聞こえた。

そちらのほうに視線を動かすと、ティナが腰に手を当てて怒った表情を浮かべている。

「みなさん、エルちゃんのことが可愛いのは理解できますが、そんなに一気にお菓子を食べさせてしまったら、エルちゃんがぷくぷく太ってしまいます！」

「丸くなったエル様も、可愛らしいでしょうね」

マルノスが想像して頬を緩めている。

「健康によくないのです！　気をつけてください！」

確かにお菓子の食べ過ぎは体に悪い。

私も勧められたら遠慮せずに口を開けてしまっていたからなぁ……。

お菓子を目の前に出されたら、我慢できなくなっちゃう。

やっぱりお菓子は自分で考えて作ったお菓子のほうが美味しいかも。

ティナに怒られてしまった四名の騎士は、全員で見つめ合って苦笑いをしていた。

私はみんなから大切にされている気持ちが伝わってきて、胸が温かくなる。

血はつながっていないけれど、大家族になったかのような気持ちだった。

ありがたいなぁ。

＊　＊　＊

誘拐されて戻ってきてから二週間が過ぎ、私はあれから女性魔術師たちがどうなったのかを心配していた。

自分の部屋でぼんやりと考えていると、ティナが忙しなく入ってきて近づいてくる。

「エルちゃん、国王陛下が面会したいって。急遽これから行くことになったから、お着替えしましょうね」

「うん！」

久しぶりに国王陛下に会うなぁなんて思いながら、私は着替えさせてもらった。

今日は黄色のフリフリとしたドレスを着せてくれた。

着替え終えると騎士団長がやってきて一緒に宮殿へと向かった。

応接室に通されて待っているとお菓子セットが運ばれてきた。

国王陛下がたくさんの護衛を引き連れてやってくる。

今日も琥珀色の瞳が素敵で、まさに国王陛下というオーラをまとっている。

騎士団長は緊張した面持ちで立ち上がり頭を深々と下げた。

私の目の前に置かれている一人用の大きな椅子に深く腰をかけると、国王陛下は柔らかな笑みを浮かべてくる。

「エルネット、大変なことに巻き込んでしまい申し訳なかった」

「だいじょうぶでしゅ」

「リーリアもまたエルネットに会いたいと言っていた」

飼っていた猫がご飯を食べなくなって問題を解決した日が懐かしい。

そんなに昔の話ではないのにこの短い期間でいろいろあったのですごく遠い過去のような感じがする。

「わたしも、リーリアしゃまに、おあいしたいでしゅ」

ニッコリと笑うと国王陛下はやさしい瞳になった。

「ああ、伝えておこう。今日は違う話をしようと思ってここに来てもらったんだ」

改まった様子だったのでなんだろうと思い私は僅かに顔を傾ける。

「エルネットが誘拐された時に渡された本が、本物だということが認定された。獣人が呪いをかけられた存在だということを知らなかったんだが、それでも我々はまだ警戒をしている。だが、もし本当に呪いが解かれるとしたらそれが一番いいことだと思うんだ」

私は深く頷いた。騎士団長も私の隣でしっかりと話を聞いてくれている。

「本に書かれている内容によると、宝石を見つけに行かなければいけない。そして呪文を唱える必要がある」

その通りだ。

「マーチンという老人の元へも遣いの者を送った。彼が話すには呪文を唱えて力を発揮できるのはエルネットしかいないだろうと言っていたそうだ」

魔法なんか使えなくてもよかったのに。

私は平凡に動物たちと楽しく暮らしていきたかったのになぁ。

国王陛下がこれから何を頼んでくるのかがなんとなく予想できて、重たい気持ちになっていく。

「エルネットにその重要な役目を託したいと思っている」

国王陛下の言うことは絶対に聞かなければいけない。

それは、この国の国民としてよく理解しているのだが、素直に頷けなくてうつむいてしまった。

「魔術師になる人は、中学生から魔法の勉強をはじめるのだが、エルネットは生まれながらに強い力を持っているから、もうそろそろ開始してもいいと思っている。そして、三歳になったら宝石を探す旅に出てほしいと思っている」

生まれながらに力を持っているとか言われるけれど、勉強なんてしたくないのに……。旅にまで出なきゃいけないのか……。

「エル、返事を……」

騎士団長がやさしく背中を叩いてくれるけれど、私は唇をぎゅっと閉じたまま。

「だが、こんなに幼い子供が魔術学校に行くことは現実的には難しい。そこでルーレイとジュリアンを魔法の先生として迎えることにした」

その言葉に私は弾かれたように顔を上げた。国王陛下はニッコリと笑みを浮かべている。

「エルネットが必死で魔女たちのことを守ったという話を聞いた。その話を聞いて一度失敗したぐらいで、市民権を奪ってしまったことを深く反省したんだ。彼女たちも普通に暮らしていけるようにと通達《つうたつ》を出すつもりだ」

「こくおうへいか！　どうもでしゅ」

さすがだ！　この人ならわかってくれると思っていた。

私は嬉しくなって先ほどまでの重たい気持ちを忘れて満面の笑みを浮かべてしまう。

「だから、魔法の勉強を頑張ってくれるね？」

「あいっ！」

つい、元気よく手を上げてしまった。

国王陛下ったら、子供の心理をよくわかっている。

「洞窟で暮らしていた彼女たちにはちゃんと部屋も与えた。安心してくれて」

「ありがとうございましゅ」

目を細めて私のことを見つめている国王陛下と目が合った。

「まだ幼い子供なのにたいしたものだ……。エルネットにはいろいろと活躍してもらわなければいけない。国を救うために頑張ってほしい」

「……はい」

真剣な表情で頼まれると、私の身が引き締まるような思いがした。

＊　＊　＊

今日はルーレイとジュリアンが、私に魔法を教える教育係になるための任命式が行われることになっていた。

朝から正装させられ、王宮の大広間に連れていかれた。

会場に入ると、厳かな雰囲気に背筋がピンと張る。

国王陛下が座る立派な椅子に向かって座っているのは、ルーレイとジュリアンだ。

後ろ姿しか見えていないので、二人の表情を確認することができないが、緊張しているのが伝わってきた。

私はおとなしく椅子に腰をかけて待っていると、騎士や従者らが集まってくる。

最後に国王陛下が側近を引き連れて入場した。

「ただいまより、任命式を行う」

よく響く声が部屋中に響き渡った。

ルーレイとジュリアンは国王陛下の前に行くように促され、二人はゆっくりと立ち上がり一歩ずつ歩みを進める。

国王陛下の前まで行き、まっすぐに見つめた。

国王陛下は、すぐそばに立っている側近から受け取って、書類にサインをしてから渡した。

これは王族が正式に依頼をしたという証拠になるのだとか。

「エルネットへの魔法教育を頼む」

「「はい」」

二人は声を合わせて返事をした。

任命式が終わると私たちは騎士寮に戻ってきた。

庭でおやつタイムすることになり、私は満面の笑みを浮かべた。

ルーレイとジュリアンが来ることを知っていたので、昨日のうちにクッキーを作っておいたのだ。私はまだキッチンに手が届かないので、前のように指示をすると、その通りに作ってくれた。

甘くてコクのあるストロベリークッキーが完成している。味見をすると、とっても美味しくて自信を持って出せる！

「どうぞ」

ティナがルーレイとジュリアンにクッキーと紅茶を出した。

「エルちゃんが作るのを手伝ってくれたクッキーですよ」

「ありがとうございます」

二人はクッキーを口にすると、とても美味しそうに顔をほころばせた。

「エル、ありがとう」

ルーレイが柔らかな表情を浮かべてくるので、私は元気いっぱい頷いた。

「みんなが、エルに感謝しているわ」

ジュリアンも心からの感謝の気持ちを伝えてくれた。

私は何もしていないけれど、魔女と呼ばれる女性たちが普通に生活できるようになったことは喜ばしい。きっとこれからは女性魔術師らも活躍する時代がやってくるだろう。

「エルがちゃんと魔法を使えるようになるまで、私たちがしっかりと教えるからね」

「……う、うん」

私は苦笑いをした。

これから魔法を学んでいかなければいけないので憂鬱《ゆううつ》だ。

趣味で魔法を使うくらいなら、楽しいけどなぁ。

ほら、好きなことを仕事にしたら辛くなるなんて聞くでしょ？　今の私はまさにそんな気持ちだった。でも、獣人を救うために頑張るしかないのだ。

それにルーレイとジュリアンとこれからも頻繁に会えるのだと思うとすごく嬉しい。

誘拐されていた時は、二人ともやさしくて、可愛がってくれた。数日しか一緒に過ごしていないのに、私は二人のことが大好きだ。

これからあまりのんびりできないかもしれないけど、やるからには一生懸命やろう。

楽しくおやつタイムを過ごしていると、どこからともなく動物たちが集まってくる。

私の頭にはカラフルなインコさんが止まった。

チュンチュン。

ピーヒュルル。

鳥さんのさえずりって、どうしてこんなにもリラックスできるのだろう。

穏やかな時間が流れていて、私は幸せな気持ちに包まれていた。

11　魔法の練習をしました

ランチタイムを終えてから、おやつタイムまでの間が魔法と呪文の練習時間になった。

庭に出て、呪文を唱えるが、舌っ足らずになり、私はキィーっとなる。

「うー、うまくいえにゃいっ」

「まあまあ、そんなに簡単には言えないわよ」

ルーレイがやさしい笑みを浮かべながら、私の目の前にしゃがむ。

マーチンが持っていた本の最後のページに、三行ほどの長い呪文が書かれていたので、それを覚える必要がある。

日本にいた時の学生時代、国語の時間に暗唱テストがあったことを思い出す。暗記するのが苦手だったので、かなり憂鬱な時間だった。

「マルカ、パラティ、ソラッシュ、コーカッピーノ……」

ジュリアンが何度も耳元で教えてくれるけど、意味がまったくわからない。

聞いたことのない単語を並べられても、外国語にしか聞こえないのだ。

呪文の一つ一つの言葉に意味があるのか？

それともただ言葉を並べているだけなのかも不明である。

「まりゅか、ぱら……」

「そうそう、マルカ、パラティ」

「あーもうっ。こんなの、おぼえられにゃい」

頭を抱えてグシャグシャにすると、ルーレイが苦笑いしている。

困ったなぁーというようにジュリアンはため息をつく。

「むりぃ……」

「たしかにね。積み重ねてやっていくしかないわよ」

ルーレイが私の髪の毛を撫で直してニッコリとしてくれた。

イライラしても仕方がないけど、呪文が長すぎてうんざりしてしまう。

「次は魔法の練習をしましょう」

気分を変えようとして、ルーレイが明るい声で言った。魔法の練習と言ってもなかなか難しい。普通は中学生になってから学ぶことを、二歳にしてやってるんだもん……。

ルーレイが目の前で石を光らせたり、手のひらから水を出してお花に与えたり、自由自在に操っているのを見るととても羨ましい。こんなふうにできたら、きっと楽しいだろうなぁ。

私が魔法の練習をしていると、様子を見にカラフルな鳥さんたちが集まってきた。

ピーヒュルルと応援してくれる。

「みんなが、おうえんしてくれりゅから、がんばるよぉ！」

鳥さんらに向かって元気よく言う。

「じゃあ、エルも手のひらから、お水を出してお花にあげてみようか」

ルーレイが言うので、頷いた。

「みじゅっ」

手のひらを大きく広げながら集中させると、手のひらが熱くなってきた。

何かが出てきそうな感じがする。

「うー、むじゅむじゅするー」

その感覚が気持ち悪くて手のひらをグーにしてしまった。

「たしかに、はじめはこの感覚が気持ち悪いのよね」

ジュリアンが目を細めて笑っている。

「そうなのよね。でも、慣れたらどうってことないのよ」

涙目になってルーレイに手のひらを見せる。手のひらは真っ赤になっていて記号のような文字が浮かんでいた。

「すごいわ。記号が出てる」

「本当だわ」

二人が私の手のひらを覗き込んで感心している。

ため息をつく私と対照的に二人はすごく驚いているように見えた。

「頑張って練習をすれば一流の魔術師になれるわ！」

そう言ってジュリアンが励ましてくれるけど、私はあまり乗り気ではなかった。

「エル、もう一回チャレンジしてみよう！」

「……うんっ」

意識を集中させて……。

「みじゅっ！」

手のひらが先程よりもピリピリと痛くなって、そこから水がちょろっと出た。

「でた！」

「やったじゃない！」

ジュリアンがギュッと抱きしめてくれる。

水を出せたことに私は自分でもビックリ！

「もういっかいやってみる。みじゅっ」

ちょろちょろ。

またお水を出すことができた！

私は嬉しくなってニッコリと微笑むと、ルーレイとジュリアンが拍手をしてくれる。

「さすがね、エル！」

「上手よ！」

褒められると嬉しくて調子に乗って、手から水を出す。

「みじゅっ」

ちょろ。

「みじゅっ」

シャー。

「そうそう、その感覚よ！」

ジュリアンが笑みを浮かべながらアドバイスしてくれる。量の調節はまだできないけど、水を出せるようになった。

「こんどは、おはなのいろかえりゅ」

「じゃあ、このピンク色の花をオレンジ色に変えてみましょう。変えたい色をイメージしながら手をかざしてみて」

勉強と言うと嫌な気持ちになるけれど、楽しいことを交えてくれれば、学ぶことも前向きになれる。ルーレイとジュリアンは私が興味を持つように教えてくれるのだ。

「うん、はーっ、おれんじっ」

集中してお花の色を変えてみようとするが、念じ方が弱かったのか、中途半端な色に変わってしまう。

「あーあぁ……はぁ……」

私が残念そうにため息をつくと、二人はクスクスと笑って頭を撫でてくれる。

「エル、大丈夫よ。ちゃんと練習すれば上手になれるからね」

「……むじゅかしい」

頬を膨らませていじけてしまう。

変な色になってしまった花をルーレイが魔法で直してくれた。

「ピンクっ！」

あっという間に美しい花に戻る。

「しゅごい」

「エルも、もっと上手に使えるようになるから」

集中していたので疲れてしまった。

「ちゅかれた……」

「少し休もうか」

ティナがタイミングよく、お菓子とジュースを持ってきてくれた。

「今日も練習、頑張ってるわね。そろそろおやつタイムにしましょうか」

「あいっ！」

食べることが大好きな私は、一目散に椅子に座ってニコニコする。

今日持ってきてくれたお菓子は、フルーツがたっぷり乗せられたパンケーキだ。

早速食べさせてもらうと甘くて美味しい。

近くに鳥さんが集まってきて、食べさせてほしそうな瞳を向けられるので、少しちぎって投げてやると、ツンツンとつまんで美味しそうに食べている。

「エルちゃん、何か魔法は覚えた？」

ティナに質問されるので私は頷く。

「おみじゅ、出せるようになった」

「まあ！　すごいわね」

褒められると嬉しくてまた頑張ろうと思うのだ。

絶対に私は褒められて伸びるタイプだと思う。

おやつタイムを終えるとルーレイとジュリアンは帰っていく。

「じゃあ、また明日」

「バイバーイ」

手を振ってお別れをすると私は自分の部屋に戻った。

練習をして体が疲れてしまったので、夕食の時間までお昼寝をしよう。

もっといろいろな魔法を使えるようになるために、日々練習に励んでいこう！

そう思いながらうとうとと眠りについたのだった。

＊　＊　＊

私は来る日も来る日も魔法の練習を頑張っていて、簡単な魔法なら使えるようになってきている。

例えば、手から水を出すとか、お花の色を変えるとか。

石をピカピカにしたり、布をあっという間にリボンに作り変えたりとか、そういうのはできるようになってきた。時々、失敗はしちゃうけどね。

練習しはじめて一か月。

まあまあ速いスピードで覚えられているんじゃないかな……なんて、自分で褒めてあげている。

今日も練習が終わって、おやつタイムを過ごした。

美味しいケーキを食べてお腹いっぱいになった私は、庭の芝生の上で大の字になって転がっていた。

私の周りには動物たちが近づいてきている。

うさぎさん、リスさん、小鳥さん……。犬や猫までどこから出てきたのかわからないけれど、もふもふ動物に囲まれていた。

私の顔をわんこがペロペロ舐めるので、くすぐったくて私は身をよじる。

「うっふ、くしゅぐったーい」

ルーレイとジュリアンは私の様子を微笑ましく眺めている。

マルノスがすぐ近くで周りに危険がないか、目を光らせていた。

「エル様、女の子でいらっしゃるのですから、大の字で寝っころがってはいけません。足を閉じて淑女のようにお過ごしください」

「あーい」

もう、マルノスったらお母さんみたい。うるさいなぁと思いつつ起き上がった。

立ち上がるとマルノスがスカートについた草をはらってくれる。

「もう、こんなに汚れてしまって……。おてんばですね、エル様は」

困ったちゃんだなぁと言いつつも、私のことが可愛くて仕方がないらしい。

マルノスは柔らかい笑みを浮かべている。ルーレイとジュリアンがそんな姿を見て目を細めていた。

うさぎさんが近づいてきてじっと見つめてくる。

何か訴えているのかと思って集中させるとこんなことを言っている。

《エルちゃんは、いつも可愛らしいリボンをつけていて羨ましいわ》

野生のうさぎさんなのでもちろん、リボンなんてついていない。

真っ赤な瞳がクリクリとして可愛らしいうさぎさんだ。

たしかにリボンをつけてあげたら、もっとチャーミングになるかもしれない。

「リボン、ほちいの?」

うさぎさんは、ピョコンと頷いた。

作ってあげたいけど、困ったなと思いながら脳みそをフル回転させる。

材料になるものはないかな?

辺りをぐるりと見渡すと、テーブルに敷かれていたクロスを見つける。

あれでリボンを作ってあげればいいのではないか!

ひらめいた私は、テーブルクロスに近づいた。

「これ、もらってもいい?」

マルノスが困ったような表情を浮かべている。

「何に使いたいのですか?」

「うさぎしゃんに、リボンちゅくってあげるの」

私の言っていることが理解できないというような表情を浮かべている。

ルーレイがひらめいたような表情をして説明をしてくれた。

「もしかしてこの布を使って魔法でリボンを作ろうとしているんじゃないのかしら？」

「しょうなの！」

さすが私の教育係だけあって、言いたいことがわかってくれている。

理由を聞いたマルノスは、なるほどというような表情を浮かべた。

「では、テーブルクロスでは大きすぎるので、こちらのハンカチでもよろしいでしょうか」

自分の持っているハンカチを差し出してくれた。

私はじっと見つめるとこれでもリボンが作れそうだなと思いニッコリと頷いた。

「いまからうさぎしゃんに、リボンつくってあげりゅね」

うさぎに話しかけると、ピョコンと頭を下げた。

テーブルの上にハンカチを置いてもらい、私は可愛らしいリボンを作りたいと頭の中に思い浮かべてみる。そして手をかざしてみた。

「リボンっ！」

言葉に出して見ると手のひらが痒くなり、光が出てくる。

次の瞬間ハンカチが浮かびあっという間にリボンができた。

「できた！」

マルノスは魔法を使っている姿を目の当たりにしてかなり驚いている。

眼鏡を何度も上げて、完成したリボンをじっくりと見つめた。

「ほんの一瞬でこんなに立派なリボンができるなんて……。魔法ってすごいですね」

「うふふ、でしょ」

毎日練習を頑張っている成果を見せることができて嬉しい。

私はうさぎの耳にリボンをつけてあげた。

嬉しいのか耳をピクピクと動かして喜んでくれているようだ。

《とても可愛いリボンで嬉しいわ。エルちゃん、ありがとう》

そういうふうに言っているのがわかり私は頷いた。

もふもふの動物たちも可愛いおしゃれをしたいのだと知り、私は機会があればこれからも何か作ってあげたい。

もっと魔法が上手に使えるようになったら、お洋服も作って着せてあげたいなぁ。

私は夢が広がり、幸せな気持ちになっていた。

＊＊＊

魔法の練習をして、庭で楽しくお菓子を食べて、一人でいる時は絵本を読んだりして楽しい時間を過ごしていた。

呪文を覚えるために文字の読み書きもできるようになりたい。ティナとか騎士に教えてとお願いしてみようかな？

　絵本、飽きちゃった。

　自分で自由に歩けるようになった私は、部屋の中を探検していてあることに気がついた。

「……あそこ、ドアがありゅ」

　いつも使っているドアとは別のドアがあったのだ。

　めちゃくちゃ気になるので開けてみることに。近づいてみるが、届かない。

　うーん、どうしよう。どうやったら、ドアに手が届くかな……。

　ひらめいた！　部屋に置かれている箱を見つけた。重たいけど、何とか運べそうだ。

「よいしょっ」

　小さな箱を持ってきて、よじ登りドアノブに手を伸ばす。

「届いた」

　ドキドキしながら開くと、そこは外だった。

「おしょと」

　草がボーボーと生えていて、自然がそのまま残っているような場所だ。歩いていくと迷子になってしまいそうなほど、草が伸び切っている。でも、ここは何とか自力で外と繋がれる場所なのだ。

「やったぁぁ」

これで自由に外の空気を吸える！

部屋からいなくなったら騒がれてしまうので、遠くへは行けないけれど……。

小鳥さんならすぐに飛んできてくれるだろうし、遊べる！

私は密かな楽しみを見つけてニヤリとしていた。


それからというもの一人の時間があれば、ドアを開いて遊んでいる。今のところ誰にもバレていない。

今日もお昼寝から目が覚めた私は、夜ご飯までの間、誰もやって来ないことを知っていたので、頑張って扉を開いた。落ちないようにゆっくり箱から降りる。

「よいしょっと」

こっそりと外に出た。小鳥さんが集まってきて、さえずっている。

リスさんとか、うさぎさんもやってきた。動物にモテモテの私は楽しくて時間が過ぎるのを忘れてしまう。

「みーんな、かわいいーねー。だいしゅき」

撫でさせてもらいたくて手を伸ばすと、近づいてきてくれる。

短い時間なんだけど、動物たちと触れ合えるのは私にとって貴重な時間だった。

私が一人でドアを開けて外に出られるということを騎士が知ったら、きっとこの扉は開けられなくされてしまう。

だから絶対にバレてはいけないのだ。

日が暮れてきて空はだんだんと赤く染まっていた。この国って本当に自然が豊かで空気が美味しいんだよなぁ。

日本にいた頃は、スマホやテレビ、ネットなど普通にあり、そういう生活に慣れていたから、もし手元になくなったら生きていけないと思っていたけど、そんなことないんだなと感じている。

前の人生は早く死んでしまったので、やり残したことがあるといえばあるかもしれないけど、エルネットとして生きていくのも悪くないなと感じている。

エルネットのお母さんお父さん、私はそれなりに楽しくやっているから、心配しないでね。

「……でも、さみちい」

強がっていないと寂しくなってくる。

一体どんな人が自分の両親だったんだろう……。

まあそんなこと考えていてもわからないものはわからないので、あまり気にしないようにしようと空を見上げた。

ガサガサと草が揺れる。

お、もふもふ動物が登場したか？

嬉しくなって立ち上がり覗き込んでみると、金色の毛が見えた。

どんな動物でも大丈夫！

私のテンションが上がり気味のまま、目を凝らして見てみると、そこには二本足で立つライオンがいた。しかもまだ小さい。

人間で言ったら小学三年生くらいだろうか？

……すごく久しぶりに見たけれどサタンライオンだ。

私はなんとか話をしたいと思って視線を送る。

サタンライオンが私に気がついたようで、射貫くように見ている。

「こんにちは！　あなた、まだ、こどぉも、でしょ？」

相手は、一つ頷いた。

言葉が通じているようで嬉しくなりもっと話しかけたくなる。

『ウォーン……』

《もしかして、あなたがエルさんですか？》

サタンライオンが話している内容がわかった。

私の存在を知っているなんて驚きだ。

そのサタンライオンは、服装からして男の子に見える。

「そうよ、エルでしゅ」

《やっと、会えた。ここがエルの部屋だったんだね！》

「……うん」

ずっと探していたみたいなことを言われて驚く。

《お父さんに危険だからあまりあちこち行くなと言われていたんだけど、エルっていう女の子が動物の言葉がわかるって聞いたから、どうしても会いたかったんだ》

私も小さい時に会って以来、サタンライオンに会っていなかったので、実際に会って話をしたかった。

「わたしも、おはなち、したかったのー」

《僕たちは人間を襲わない。それだけは信じてほしい》

そのことを伝えたくて、私のことを探していたのだろう。

小さい頃にサタンライオンが『悪いことをしない』と言っていたのを聞いたことがあるけれど、あの言葉は聞き間違いではなかったと思って胸が温かくなる。

私は気持ちが痛いほどわかり頷いた。

「うん、わかってりゅよ。のろい、とくから、まっててね」

うまく喋れないので伝わったかわからないけれど、彼は私の言葉を聞いて少しホッとしているような表情になった。

《ありがとう。頼りにしているから》

私が微笑むと、彼も笑みを浮かべて頷いた。

もふもふの動物だけどやっぱり人間っぽい。

呪いのせいでこんな姿になってしまったのだろう。

《お父さんに秘密で来ているから、そろそろ帰らなきゃ。また会えるかな？》

「うん、おともだちになろう」

その言葉が嬉しかったのか彼は少し涙ぐんでいるように見えた。

《僕はゼンイット》

「ゼン！」

ゆっくりとゼンが近づいてきて私と握手をする。

もふもふしていて気持ちいいと思いながら見つめると、ニッコリと笑ってくれた。

《エル、またね》

ゼンは草の中に身を隠していなくなってしまった。

私は部屋に戻り扉を閉めて、何事もなかったかのように座っていた。

ゼンを助けるためにも、やっぱり呪文の練習を頑張って呪いを解いてあげたい。

呪文を暗唱するだけだったらまだ楽かもしれないけれど、魔法を使える力もつけないといけないのだ。

私には呪いをかけられてしまったサタンライオンを助けるという大きな使命がある。

大変だけど絶対に彼のことを助けたいと心から思った。


夕食の時間になり、メイドさんが食事を運んでくる。

お腹が減っているのでとても美味しそうに感じる。

テーブルに料理を並べてくれた。もう一人分並べているけど、誰か来るのかな？

「騎士団長も一緒に食事なさるそうです」

一緒に食べられて嬉しい！　思わず笑みがこぼれてしまう。

「よかったわね！」

「うんっ」

ティナに言われて元気よく頷いた。

騎士団長は、たまに一緒に食事をしてくれる。

部屋で食事をしていたら寂しいだろうと、気にかけているみたい。

食堂で食べるには人数が多すぎるし、騎士だらけなので私が落ち着かないだろうと考えてくれていた。

でも、騎士団長は何かお取り込み中で忙しいのか、しばらく待つが来ない。

「エルちゃん、せっかくの食事が冷えちゃうから、先に食べていようか？」

「うーん……」

グルルルルとお腹が大きな音を立てる。もう、ペコペコなので食べて待ってよう。

「いただきまーしゅ」

今日のメニューは、メインが柔らかく煮たお肉、さらにポテトサラダと、トマトの冷製スープだった。

ティナも一緒に夕食を摂っている。

「おいちいね」

「ええ、美味しいわね」

大きな口を開いて食べていると、騎士団長がやってきた。

「エル、ちゃんと食べているか？」

「だんちょー、うん！」

「しっかり食べたら食後にデザートを用意してあるからな」

「ありがとう」

ティナが苦笑いを浮かべている。私は甘いものを与えられたら遠慮なく食べてしまうので、体を心配しているようだ。

騎士団長も私の隣に座って一緒に夜ご飯を食べはじめ、食事をしながらお話に付き合ってくれる。騎士団長と食事できることが本当に嬉しくて楽しい。

おしゃべりしながらご飯を食べると、いつもより美味しく感じる。

「それと、国王陛下から嬉しい提案をしてもらったぞ」

「なぁに？」

ティナもはじめて聞く話なのか、興味津々に騎士団長のことを見つめている。

「エルがいつも魔法の練習を頑張っているから、海に遊びに行っておいでという話をしてくださった」

「うみぃ？」

頭に広がる青い空と海！

めちゃくちゃ楽しそう！

絶対に、行きたい！

「ああ、王族が所有しているプライベートビーチだから、気兼ねなく遊ぶことができる」

「いく！」

予想外の内容だったので、私は嬉しくてテンションが上がってしまった。

プライベートビーチを持っているなんてさすが王族だ。

「来週になるのだが、一泊してこよう。楽しみに準備しておいてほしい」

「うんっ」

しかも、お泊りで行けるなんて楽しみだ！　あーどうしよう、楽しみで眠れないかもっ。

「瞳をそんなにキラキラさせて、嬉しいか？」

「うれちー！」

「騎士らも夏休みということで数人が一緒に遊びに行くつもりだ」

「わかった！」

うわぁ！

楽しみすぎる！

早くその日がやって来ないかと心待ちにして食事を続けた。

12　みんなでバカンスに出かけました

今日は待ちに待った海に行く日だ。ここから馬車を使って国の南にあるビーチに向かう。

私はこの日をずっと楽しみにしていて、雨が降らないようにとてるてる坊主を作った。

まだ上手じゃないけど、紙を丸めて、顔も描いた。ティナが不思議そうな顔をして、じっと見つめてきたのだ。

『なーにそれ？』

てるてる坊主、知らないんだぁ。

『はれてくれりゅようにおまじない』

『へぇー、面白いことを思いつくのね』

手にてるてる坊主を持って、じっくりと眺めたティナがクスクスと笑っていた。

つるつる頭のてるてる坊主が面白くてツボにハマったらしい……。

『うふふ、ふふふっ、すっごく、おかしい！　可愛いけど、面白すぎるわっ、あははっ』

笑われてしまったけど、その効果があってか、ものすごく天気がいい！

晴れてよかった！

大きな麦わら帽子と、白いワンピースを着せてもらい馬車に乗り込む。

四名の騎士とティナ、その他に夏休みを取っている騎士も一緒に行くことになり全員で二十名だ。

宿泊施設もあるので、一泊することになっていた。王族が所有しているところなら、きっと立派な施設だろうなぁ。

私は騎士団長とスッチとティナと一緒の馬車だ。

王宮からは馬車で二時間ほどいくと到着するらしい。道中も楽しいようにティナにお願いをしてお菓子を持参していた。

揺れる馬車の中、私はクッキーを頬張る。

「エル、美味しそう！　僕にも一つちょうだい」

「はーい……」

いっぱい食べたいから一枚しか渡さないと、ティナが呆れたように笑っている。

「全部一人で食べたらお腹が痛くなってしまうわよ」

「うん」

気の乗らない返事をするとスッチがぎゅううううっと抱きしめてきた。

「いいよ。エルのだから、いっぱい食べて」

私は頭を左右に振った。

「だんちょーもどうぞ」

「ありがとう、エル」

騎士団長は今日も素敵な笑みを浮かべている。

「えー、エル！　騎士団長にはやさしくするんだ？　ずるーーーーい！」

スッチが頬を膨らませて、顔を近づけてくる。

はぁ、なんでスッチと同じ馬車だったんだろう。

うるちゃい！

全員でクッキーを食べていると馬車の中は、甘い香りに包まれていく。

プライベートビーチなんて最高だなぁ。

早く到着しないかな！　遊ぶのがとても楽しみだ！　海にしかいない鳥さんとかもいそうだし！

思いを馳せていると、急に馬車が停まった。

どうしたのだろう？

馬車の扉が開かれて顔を見せたのは、血相を変えた若手騎士だった。

「騎士団長、この先に盗賊がいて暴れているようです。危ないので違う道を通って行きましょうか？」

盗賊?

恐ろしくて私の体が震えてしまう。

そんな私を心配させないように、スッチが力強く抱き締めてくれた。震えながら私はスッチにしがみつく。

「悪い奴がいれば、捕まえるのが俺たちの仕事ではないか?」

騎士団長が低い声で言うと、若い騎士は覚悟が決まったような表情を浮かべた。

スッチも戦うつもりなのだろう。

いつものふざけた雰囲気が消えている。

馬車の中にはかなり張り詰めた空気が流れていた。

「ティナ、エルを頼む」

「わかったわ。エルちゃん、おいで」

スッチが私をティナに手渡す。

「エル、いい子にしてろよ」

騎士団長が私を安心させるように頭を撫でてから、スッチと馬車を降りていく。

せっかくの楽しいお出かけだったのに、どうしてこんなことに巻き込まれてしまったのだろう。

残念な感情とみんなが無事であってほしい気持ちが入り混じり、いてもたってもいられない。せめて窓から騎士を応援したい。

「ティナ、まどあけて」

「危ないからダメよ」

「おねぇがい、みんなのこと、しんぱい、にゃの！」

外からは剣がぶつかり合う金属音が聞こえる。

男たちが叫び声を上げていて、ただ事ではないと思った。

私にできることなんて皆無だけど、応援はできる。

「ティナ、あけてぇえ！」

「ダメ！」

そう言われた私は思いっきり力を入れてティナの手から離れた。

「エルちゃんっ！」

扉を開いて馬車の外に飛び出した。

自分が危険な行動をしているというよりも、騎士を力一杯応援したい気持ちが勝ってしまった。

私の思考は、前世の記憶もあるから大人なはずなのに、体が子供のせいで時折こういうような突拍子もない行動に出てしまう。

ティナが私を追いかけて出てこようとしたが固まった。

彼女の視線を辿っていくと、思った以上に悲惨で、恐ろしい光景だった。

頭にタオルを巻いて髭を生やした、いかにも悪そうな男らが、短めのナイフを持って騎士に向かって行こうとしている。

騎士らは戦闘モードに入っていて、いつも見るようなやさしい瞳ではない。真剣そのものでものすごい気迫を感じた。

「おとなしく盗んだ財宝を置け」

騎士団長の低い声が響く。

「っち。俺たちも生きていくのが必死なんだよっ」

盗賊は、一歩も引こうとしない。

ボロボロの馬車が後ろにあり、あれでいろいろなところに移動して盗みを働いていたのだろう。

彼らのせいでこの道を通ろうとしている人たちの渋滞が起きてしまっている。

「痛い目に遭う前に降参しろ！」

「悪いが一歩も引く気はない」

空気はさらに緊迫していく。

私が出てきて応援すればいいとか、そんな簡単な現場ではない。

言われた通りにいい子にして馬車で待っていたほうが安全だ。

戻ろうと思ったが、動いたら目立ってしまう。私は木の影に隠れた。

深呼吸をしてタイミングを見計らって、ここから馬車まで走っていこう。絶対に転んではいけない。よし、今だ。

戻ろうとした時、一人の盗賊が私の存在に気がついてニヤリと口元を歪ませた。

私はピンチだと思ったが足がすくんで動かず、転んでしまう。すると彼はゆっくりと近づいてきて、私のワンピースの首元をつまみあげた。無理矢理立たされる。

「い、いやぁ」

バタバタと暴れると首元にナイフを当てられた。ヒヤッとした感触に気絶してしまいそうになる。

「ひぃぃっ」

「お嬢ちゃん、こんなところでフラフラしていたら危ないぜ。可愛い顔をしているな。売り飛ばしたら高く売れそうだ」

ヒッヒッヒと不気味な笑みを浮かべられ、絶体絶命だと思った。応援しようとか思って外に飛び出したが、逆に迷惑をかける形になってしまっている。

「言うことを聞かないと刺し殺す」

お腹の底から出しているような低い声で、私は完全に恐怖心に支配されてしまった。

「エル！」

私が捕まってしまったことにいち早く気がついたのは、ジークだった。

首元に冷たいナイフが突き立てられ今にも刺し殺されてしまいそうだ。こんなところで死にたくないっ。

いつも私のことを守ってくれる四人の騎士が全員、剣を持って一歩も引かないというような表情を浮かべている。

彼らはとても強くて一流の集団だとわかっているけれど、首にナイフを当てられると恐ろしくて体がガタガタと震えてくる。

恐怖心で唇を噛み締めているせいで口の中が血の味がしてきた。

ジークが私を助けようとして目の前にやってくるが、下手に近づいたら盗賊を刺激してしまうかもしれず、動けないでいる。

睨みをきかせることしかできない。

私が拘束されていることに気がついた騎士団が一斉にこちらに視線が向いた。彼らなら、必ず助けてくれる。そう信じるしかなかった。

「悪いがそこをどいてくれねぇと、この可愛らしいお嬢ちゃんの首を切ってやっても構わねぇぞ」

盗賊が勝ち誇ったように言って私の首筋にナイフを少し食い込ませた。皮膚が切れるレベルまではいっていないが、怖くて貧血を起こしそうになる。

「幼い子供を人質に取るなんて卑怯《ひきょう》だ」

騎士団長が激高しているが、人質を取っている盗賊は自分が上位にいると信じ込んでいるようだ。

助けてくれると信じていても、恐ろしくて涙がポロポロと出てくる。

お互いに一歩も動かない状況が数分続き、一気に騎士らが動き出した。

あまりにも俊敏《しゅんびん》な動きで誰がどこに行ったのかわからない。

私は目をぎゅっと瞑った。

風が吹き荒れる。

シュッシュと空気を切る音が響く。

カンカンと甲高い、ナイフと剣がぶつかる金属音が鳴り、男たちの呻く声が聞こえる。

私はこのまま殺されてしまうのかもしれないと恐怖に怯えていると、耳元で柔らかな声がした。

「もう大丈夫ですよ、エル様」

いつの間にか私はマルノスの腕の中にいた。早い動きで私のことを奪い取ってくれたのだ。

「マルノス……」

怖くて私は彼にぎゅっとしがみつく。

「うりゃあああ」

私のことを抱きしめてくれていたマルノスの背後から盗賊が襲いかかってきた。

マルノスは片手で私のことを抱きしめながら、もう片方の手で剣を振りかざしている。

あっという間に盗賊からナイフを叩き落とした。そのタイミングで別の騎士が盗賊を捕まえてくれた。

騎士団の動きは俊敏である。

さらにとても強い。

みるみるうちに盗賊を拘束していく。

捕まえられた盗賊らはロープで結ばれ、うつむいてすっかり覇気をなくしていた。

塞がれていた道が開通し、通行人から騎士団は称賛の拍手を送られる。

騎士らが道を整備して通行人を行かせている中、騎士団長が近づいてきて私の目の前にしゃがんだ。

「エル、気分は大丈夫か？」

私は頷いた。

勝手に外に出てしまったせいで迷惑をかけてしまい、かなり反省して目を合わせられない。

「どうした、エル」

「かってに、ばしゃからでて、ごめんなしゃい」

素直に謝り、おそるおそる顔を上げる。

やさしい笑みを浮かべて騎士団長は頭を撫でてくれた。

「エルが無事であるなら俺たちはそれだけで幸せなんだ。これからは、勝手に動いたらダメだぞ」

「うん」

彼らのやさしさに私は胸が打たれる。

私、どれほど騎士のみんなに守ってもらっているのだろう。

全員で海に行く予定だったけれど、盗賊たちを収容しなければいけないので、数名の騎士は、海には行かず盗賊らを裁きにかけるため王都へ連れていくことになった。

このまま全員で帰ろうかという話にもなったけれど、騎士団長が私さえ元気であるなら、気分転換のために海に行こうと言ってくれたのだ。

私の体調が悪くなったら速攻で帰るが、逆にみんなで楽しい思い出を作ったほうが今日の怖い出来事を忘れられるのではないかとの配慮だった。

そこまで考えてくれる騎士のみんなに心から感謝の気持でいっぱいだ。

盗賊のように悪い人もまだまだいるらしい。特に山を越えようとする人を狙っていたりするのだとか。たまたま騎士団が通りかかったので捕まえることができてよかった。

安心できない世の中なのだとわかり、だからこそ戦争がない今でも騎士団の役目が大きいのだと感じていた。

彼らのおかげで平和が守られているようにも思う。

盗賊らが馬車に押し込まれていく。

「さ、俺らも行こう。時間を使ってしまったからな」

騎士団長が言ったので、私はなんとか笑みを浮かべた。

馬車に戻るとティナが顔色を悪くして私の帰りを待っていた。手を離してしまったことをかなり後悔していて今にも泣きそうな表情をしている。

「エルちゃん、ごめんね」

私のことをきつく抱きしめる。ティナは震えていた。

「かってにいにゃくなって、ごめんね、ティナ」

「私が……」

自分のことを責めるティナを騎士団長は、一切怒ることなくやさしく包み込んだ。

誰一人命を落とすこともなく悪い人を捕まえられたのでとりあえずよかったが、とても疲れてしまい、私はティナの腕の中で眠ってしまった。

プライベートビーチに到着して、馬車から降りて建物を眺める。

先ほどの事件があったのでなんとなく、全員の空気が悪くなっているように感じていた。

白くて大きなお城のような建物には、普段からスタッフが常駐しており、王族が羽を伸ばすために来ることがあるそうだ。

いつも綺麗に整えられているらしい。

王宮に引けを取らないほど、ゴージャスな場所に私は目を大きく見開いてしまった。

「しゅごい」

「エルちゃん、立派なところね。いろいろ怖い思いしたけど忘れるくらい遊ぼう」

ティナがやさしい瞳を向けてくれたので、明るく頷いた。

大きな入り口には立派な彫刻が置かれている。

建物を支えるむき出しの柱にすら、一本一本に花の彫刻が施されており、こだわって作られたのだということが伝わってきた。

玄関に入れば大きな空間と高い天井があり、華麗な模様の絨毯が敷かれており、贅を尽くした立派な場所だった。

「この場所は安全だ。みんな今日は心から楽しもう」

騎士団長が玄関で言うと、全員が敬礼をする。

まずリビングルームに案内された。

大きなソファーとテーブルがドンッと置かれており、端が見えないほど広い空間が広がっていた。

スケールの大きさに度肝を抜かれる。

そこには太陽の光が燦々とふりそそぐ大きな窓があり、一面に澄んだ青い空と海があった。それを見て私の気持ちがとても和らぐ。

怖いことがあったけど、それを忘れてしまうくらい素敵な空間が広がっていた。

窓にテクテクと近づいていくと、私の隣に騎士団長がしゃがんだ。

「きれー！」

「そうだな。この景色を見ているだけでも癒される」

「しゅごい」

興奮しながら騎士団長に満面の笑みを浮かべる。

彼は父親のようなやさしい表情を浮かべて、頭を撫でてくれた。

「まずはお茶を飲んで少し休んでから海に遊びに行こう」

「うんっ」

ふかふかのソファーに座る。体が沈んでフィットしてかなり座りやすいソファーだ。

可愛らしいティーカップに紅茶が注がれて、部屋中にいい香りが漂う。

あぁ、貴族っぽい～なんて思ってうっとりする。

紅茶と一緒にフルーツサンドが出される。あとはチョコレートなどのお菓子がお皿に綺麗に盛りつけられていた。

私には果汁たっぷりのミックスジュースが出された。飲んでみると甘くてとても美味しい。

「おいちい！」

甘いジュースを飲むと幸せな気持ちになってほっこりとした。

先ほどまで戦っていた騎士らも、プライベートモードになり、緊張がほぐれているように見える。

お菓子を食べるとあまりにも美味しくて、夢中で食べてしまった。

隣からくすくすと笑い声が聞こえる。ハッとして顔を上げると騎士団長が笑っていた。

「エルは本当に美味しそうにお菓子を食べる」

「そうですね。エル様のお菓子を食べている表情を見ていると飽きません」

騎士団長が言って、マルノスがうっとりしたような表情でつぶやいた。

スッチもジークも私のことをじっと見ているので、恥ずかしくなって、頬が熱くなる。

あまり見つめられると照れちゃう。

腹ごしらえが終わった私たちは、早速海に遊びに行くことになった。

騎士団長に抱っこされて砂浜まで行くと降ろしてくれる。

砂浜の感触を足の裏で感じて、海に来たんだと気分が高揚していく。真っ白でサラサラとしてとても綺麗な砂だ。

空気が暖かくて海風がとても気持ちいい。

海の波は穏やかで、なんという素敵な日なのだろう。

私はすっかり先ほどまでの恐ろしい出来事を忘れて、走りだす。

「しゅごーーーい、うみーーー」

どうしてもはしゃいでしまうのは私がまだ子供だからだろう。一気にテンションが上がって感情がコントロールできなくなってしまうけど、実際にまだ子供なのだから、楽しい時を楽しい、悲しい時は悲しいと素直に感情表現したほうが可愛らしくていいのかもしれない。

私はたまに大人っぽいって言われちゃうことがあるからなぁ。

砂浜を走り回っていると足を取られて転んでしまった。

「エル様！」

マルノスが近づいてきて心配した表情を浮かべているが、元気いっぱいの私を見てニッコリと笑う。

「問題なさそうですね」

そこにスッチが近づいてきた。

「エル、海に入ろう！」

「うんっ」

波際に近づいて水に触れてみると、温度もちょうどいい。スッチが私のことを抱いて海の中に入っていく。

うっわ、楽しい！

浅いところで降ろしてもらった私は、スッチに水をかける。

「あー、やったな」

スッチは私に水をかけ返してくる。

そのやりとりが楽しくてきゃーきゃーと騒ぎながら、遊んでいた。

周りには騎士らが泳いでいて、みなさん筋肉質でいい体をしているなと感心する。いつも鍛錬を頑張っているのだろう。尊敬しちゃうなぁ。見習わなきゃ。


海の中でたっぷり遊んだので、今度は砂浜で山を作ろう！　小さな手で砂を積み上げていくと山が完成する。

「エル、上手だな」

ジークが褒めてくれるのでニコッと笑う。

「ここ、ほって」

「え？　俺が？」

俺はそんなことしないキャラクターなんだ、というような表情を浮かべているジークだが、私にお願いされたことが嬉しいようで頬が緩んでいる。

「え？　俺が？」

山を作ったので穴を掘ってトンネルを作りたい。そして水を通したい！

「ここ、かわにしゅるの」

「ったく、わかったよ」

手で穴を掘っていく。

その姿を騎士団長が腕を組みながら見つめている。

「ジークもエルのお願いなら頑張っちゃうんだな」

騎士団長がからかうとジークはギロッと睨んでいた。

穴が完成して水を通してみると、最初のうちは砂に染み込んでいくが、ちゃんと川のようになる。

「やったぁ！」

すごく嬉しくなって満面の笑みを浮かべる。

柔らかな空気が流れていく。

「さー、次はスイカ割りをやるわよ」

ティナが大きなスイカと棒を持ってきた。

まさかこちらの世界でもスイカ割りがあるなんて思わず、びっくりして目を丸くする。

「エル、スイカ割りっていうのは目隠しをして、スイカを棒で割るゲームなんだ」

騎士団長が丁寧に教えてくれる。

知っているなんて言ったら変な顔されてしまうので、はじめて聞いたような表情を浮かべた。

最初にやり方を見せてくれるということで、スッチに目隠しがされる。

「右！」

「左！」

みんなの指示に従って目隠しされたスッチは棒を握りしめながら、スイカとは逆の方向に行ってしまう。

それをみんなが楽しそうに笑っている。

「エイッ」

棒を振りかざしたが全然違うところを叩いてしまった。

目隠しを外したスッチが肩をすくめた。

「次はエルがやってみよう」

騎士団長が私に目隠しをする。

棒を待たせてもらうと、重くてそれだけでヨロヨロとしてしまった。

スッチが一緒に持って手伝ってくれるのだけど、やさしいのでスイカまで誘導してくれる。

「エイッ」

ポカっと当たったが力が弱くてスイカは割れない。

目隠しを取って確認してみるがヒビすら入っていなかった。

スイカ割りをみんなで楽しむと、食べやすいように切り分けてくれる。

海に向かって並んで座りスイカを食べた。

ここに来てから食べてばっかりのような気もするけれど、たっぷり遊んで体力を使っているし、汗もかいているのでいいことにしよう。

お昼寝することも忘れてのんびりと空を見ていると、海鳥さんが飛んでいる。

砂浜には小さなカニが歩いていて、海にはカラフルなお魚が泳いでいる。

もふもふ動物に好かれたいと思って、女神様にお願いしたけど、もふもふどころか、どんな動物も私に懐いてくれるみたい。

小さなカニさんが私の足に乗っかってきて、ブンブンとハサミを動かしている。まるで手を振ってくれているようだ。

その姿が可愛くて撫でると、カニさんは気持ちよさそう。

「うふふ、かわいい」

「エルはカニにも好かれるんだな」

ジークが感心したように言うと、私は体力が復活してきたのでまた海の中に入っていく。

カラフルな魚が私の周りを泳いでくるくると回っている。

「こりゃすごい」

スッチが楽しそうに笑っていた。

私の周りはピチピチとはねる魚たち。可愛くて胸がほっこりとした。

目のまわりが黒くて、くちばしと足はピンク色で、他は白い、大きくて可愛い海鳥さんが集まってきて、頭を撫でさせてくれる。

「かわいいっ」

ヒューヒューと高い声で鳴く声に私は耳を傾けた。

《ようこそ！　楽しんでいってくれよ》

「ありがとう！」

海鳥さんにお礼を言った。

この海に住んでいる鳥さんのようで、私たちが遊びに来たことを歓迎してくれているようだった。

海でたっぷり遊んで浜辺に戻ってくると、さすがの私もちょっぴり疲れてしまった。

日も暮れてきたし夜ご飯を食べてゆっくりしていよう。

楽しい時間ってあっという間に過ぎていくんだよな……なんて思いながら歩いていると
どこからか弱い声が聞こえてきた。

ヒュウ……ヒュ……。

かすかに聞こえる程度なので私以外の人には聞こえていないみたいだ。

どこかで誰かが苦しそうな声を出している。気になった私は耳を澄ましてみた。

ヒュ……ヒュ……。

間違いなく聞こえる。

すごく心配になって辺りを見渡すが何も見当たらない。

キョロキョロしている私の様子が、おかしいことに気がついたマルノスが話しかけてくる。

「エル様、どうなさいましたか？」

「なんか、きこえるの」

マルノスも一緒に耳を澄ませて聞いてくれるけど、彼の耳には届かないようだ。気になりながら歩いていると建物に近づいてきた。

南国らしい木が何本も生えているのだが、その隅で丸まっている何かが見える。私は走りだしその塊に近づいた。

「とりしゃん」

小さく丸まって震えているように見える。よく見てみると怪我をしているようだった。

私と一緒にティナもしゃがんで覗き込む。

「あら大変、この鳥さん怪我をしているみたい」

「らいじょうぶ？」

話しかけるのも、呼吸をするのがやっとのようで返事をしてくれない。

騎士らも集まってきてみんな心配そうな瞳を向けていた。

建物に勤めているメイドさんが布と箱を持ってきてくれて、その中に鳥さんを寝かせてあげる。

玄関に入り、これからどうしようかと話し合いがはじまるが、動物を診てくれるお医者さんなんて、今の時間から呼びにいって、戻ってくるのはかなり時間がかかる。

外を見るともう薄暗くなってきていた。

「どこいたいの？」

心配でたまらなくて質問してみるとか弱い声で鳴いた。

ピュ……。

《足が……痛いの》

「あし、いたいって」

私が鳥さんの言葉を通訳すると、スッチが足に触れて確認してみる。

「折れているのかもしれないな……」

鳥さんが足を折ってしまうのは致命的だ。

このまま放っておくと命の危険性に及ぶ可能性もある。

苦しんでいるのに見殺しなんてできない。

治せるかどうかわからないけれど、自分の習ってきたことを信じて、魔法を使ってみることにした。

「わたしが、なおしゅ」

手のひらを鳥さんの足にかざすと、周りにいる騎士らが注目する。

ルーレイとジュリアンが教えてくれたように、まずは頭の中にイメージを浮かべる。

今回の場合は鳥さんが元気になって、足がすっかり治るところを想像した。

もしかしたら自分の魔法が弱くて治らないかもしれない……という弱い気持ちは絶対に持たないようにした。

絶対に自分の魔法で治してみせる！

集中して手のひらに力を込めていく。手のひらがピリピリと熱くなってきた。

「あし、なおれっ」

大きな声で言うと私の手のひらから強い光が放たれる。

ピカーっと光りながら風が吹き上がり、ブロンドヘアが舞い上がった。

思ったよりも大きな力が出てびっくりしたけれど、手を離さずに続ける。もう限界というところまで力を出した。

「はっ」

手のひらを離した私は座り込んだ。

騎士団長が私の体を支えてくれる。

「大丈夫か?」

「うん、らいじょうぶ」

私の魔力はどれほど効果があったのだろうか?

鳥さんに視線を移すと、先ほどまで自分の足で立つことができなかったのに、ゆっくりと立ち上がった。

瞳にも光が灯っていてきらきらと輝いている。

「ピュー!」

完全復活したというように、元気いっぱい鳴いてくれたのだ。

どうやらすっかり治ったようで魔法がちゃんと使えたみたいでよかった。

一方の騎士らは度肝を抜かれたようで固まって開いた口が塞がらない。

私は何事もなかったかのように笑顔を浮かべた。

「なおって、よかったぁね」

「あ、ああ……」

騎士団長がかなり動揺しながら返事をしてくれる。

鳥さんを外に出すと元気いっぱい空に向かって飛んでいった。手を振りながら見送る。

「バイバーイ」

見えなくなるまで手を振り続けた。


部屋の中に入ると夕食が用意されている。

いつも自分の部屋で食べていたけれど今日は、みなさんと一緒に食べさせてもらえることになっていた。

とても豪華なメニューに私は目移りしてしまう。

シーフードスパゲティに子羊のロースト、海鮮サラダに、冷製ポタージュスープまで用意されている。

デザートには大きなケーキを出してくれるとの話だ。

こんなにたくさん食べられるだろうか。

食事を取り分けてもらい口に運ぶと美味しくて感動してしまう。

「美味しい？」

スッチに質問されて私は元気いっぱい頷いた。

騎士らは体が大きいので食べる量も多い。しかもみなさん男性なのでガツガツ食べている。

騎士団長はその中でお上品に食べていてさすが彼らしいなと思った。

美味しい食事をたくさん食べた後、ケーキが運ばれてきた。

「もう、おなか、いっぱぁい」

私は食事が美味しすぎていつも以上に食べてしまったのだ。

「じゃあ、ケーキはやめておくか？」

ジークがからかうように私の顔を覗き込んでくる。

甘いものは別腹というじゃないか。

少しだけでも食べたくて私は慌てて頭を左右に振る。するとその隣でティナが心配そうな表情を浮かべていた。

「食べ過ぎたらお腹がいたくなっちゃうから、少しだけね」

「うん！」

結局、少しだけ食べることにした。

自分で作ったケーキのほうが美味しいだろうけど、大人数でワイワイと楽しく食べるのは格別だ。

プライベートビーチに来る途中、盗賊に鉢合わせて恐ろしい思いもしたけれど、ここに来ることができて本当によかった。

海でもたくさん遊んだし、スイカ割りもしたし、動物たちとも触れ合えた。しかも、もふもふ以外とも仲よくできるということを知って、今日は楽しい一日だった。

明日帰ってしまうなんてとても寂しい。

もう一泊したいなぁ。


食事を終えると私はティナとお風呂に入ることにした。

露天風呂になっていて二人では充分すぎるほど広い。

海の波の音を聞きながら星空を見てゆっくりと湯に浸かる。

星空を見ていると空を飛んだことを思い出した。

もっと魔法の勉強を頑張れば、いつか自分も空を飛べることができるかもしれない。

もし飛ぶことができれば、いつもお世話をしてくれるティナを乗せて空を飛び、素晴らしい景色を見せてあげたい。

「ルーレイとジュリアンとおしょら、とんだことあるよ」

「えー、本当？　魔術師さんって本当にすごいのね」

「いちゅか、ティナもおしょらにいこう。ちゅれていってあげる」

「楽しみにしているわ」

ティナがニッコリ笑って、私のことを撫でてくれた。


お風呂から上がって部屋に帰ると、私たちは疲れていたのですぐに眠りについた。

トントントン。

窓を叩くような音がして目が覚めた私はベッドから抜け出す。

一緒に眠っていたティナも眠そうに目をこすりながら起き上がってきた。

「にゃんのおとぉ?」

「なんだろうね……?」

トントントン。

窓に近づいてカーテンを開けてみると、今日助けてあげた鳥さんが来ていた。

びっくりして私とティナは目を合わせた。

扉を開けると鳥さんは、くちばしに加えていた何かをゴロッと落とした。

布に包まれていて私の手のひらくらいの大きさがある。

ヒュールルル。

周りに迷惑にならないようにボリュームを抑えながら鳴く。私は何を言っているのか集中してみた。

《今日は助けてくれてありがとう。お礼にずっと大切にしていた代々受け継がれていることの宝石をあげようと思うの》

「え！　そんな、たいせちゅなもの、もらってもいいの？」

ピュウ！

「もらったら、わりゅいよ」

返そうとしても鳥さんはまったく応じてくれない。

ピュ－ピュルル！

何度断っても私にもらってほしいというのだ。

ただ心配で病気を治してあげたいと思っただけなんだけどなぁ。

わざわざ持って来てくれたので、お言葉に甘えてプレゼントをもらうことにした。

代々受け継がれている大切なものなのに、なんだか申し訳ない気もするけれど……。

「ありがとう」

ピュ！

ティナはなんて言っているのか気になるようで、通訳をしてほしそうにしている。

「これ、くれりゅって」

「あら、すごいわね。開けてみる？」

「うん！」

ティナが包まれた布を取っていくと、それは中には青色のキラキラと輝く大きな石が入っていた。

私はそれを見ていると段々と体が痒くなってくる。……この石、普通の石じゃないかもしれない。

「すごいわ」

「しゅっごい」

鳥さんは私が驚いているのを見てなんだか嬉しそうにしている。

《大切にしてくれたら嬉しいわ！》

「ありがとう、たいせちゅにしゅるね」

この大切な石を一生大事にしていこう。

胸に抱きしめると、鳥さんは満足したように大空へ飛び立っていく。

なんだかすごく魔法の力を感じるんだけど……。でも、私だと全然わからないからルーレイとジュリアンに見てもらおう。

「エルちゃんこの宝石は大切にしましょうね。まだ太陽が昇ってくるまで時間があるから寝ましょう」

「うんっ」

私とティナは一緒にベッドの中に入って、そのまま朝まで眠り続けたのだった。

朝になり目が覚めた私は、昨日の出来事が夢なのではないかと思って起き上がる。鳥さんが宝石をプレゼントしてくれるなんてありえない。

「おはよう、エルちゃん」

ティナは着替えを済ませていて、ニッコリと笑みを浮かべてくれる。

「ティナ、おはよう。とりしゃんが、くれた、ほうしぇきある？」

私はてっきり夢だと思っていたので「なにそれ」と言われると思ったのに、ティナは頷いて、大切にしまっていた宝石を取り出して、テーブルの上に置いてくれた。

包まれたそれを開くと、青く魅惑的にキラキラと輝いている。

夢じゃなかったんだ。

「しゅご……」

あまりにも美しいので見入ってしまう。

「まほうの……いし……かにゃあ？」

「えー？　たしかに綺麗だけど、わからないわね」

「ルーレイとジュリアンに、みしぇりゅ」

「そうね。二人なら何かわかるかもしれないし」

騎士団長などにも伝えてくれることになり、ティナは緊張しながら宝石をバッグに入れた。


みんなで朝食を食べ終わると、寮に戻るため玄関へと向かった。

短い時間だったけどリフレッシュできて楽しかったなぁ。

ここで働いているスタッフたちが総出で見送ってくれたので、私はお礼にプレゼントをあげようと思った。

手のひらを空に向かって伸ばす。

「おはなっ」

すぐに手のひらが痒くなり一輪の小さな花が出現した。

まるでマジックみたい。

これは種も仕掛けもない魔法なんだけどね。

「おしぇわに、なりましたっ！」

頭をペコっと下げて、その中の一人のメイドさんに花を渡すとすごく喜んで受け取ってくれた。

「またお会いできる日を楽しみにしております！」

馬車に乗った私は窓を開けてもらって、ずっと手を振り続けながら別れをした。

「バイバーイ」

また遊びにここに来られる日を楽しみに、明日からまた魔法の練習を頑張ろう！

＊＊＊

一泊の旅行から帰ってきた私は、魔法の練習にも力が入る。

「はー、ピンクぅ」

今日は道に落ちている石を拾って、それに色を塗るという魔法の練習をしている。

こんな魔法、何かに役に立つのかなと思っているけれど、基礎をちゃんと習っておかなければ応用した魔法が使えない。

どんなこともコツコツと練習していくに限る！

魔法で石は半分ピンクになったがもう半分はグレーのまま。

プライベートビーチでは鳥さんの足を治したり、手のひらから花を出したり、上手に魔法が使えたのに。

帰ってきて挑戦してみると、あまりうまくなっていないみたい。

まぁ、こんなもんだよねぇ。

「そんなに落ち込まないで」

二人が励ましてくれるので私はガッツポーズを作る。

「がんばりゅ！」

あの時捕まった盗賊らは牢屋に入ったんだって。だから、もう怖がることはないよとスッチが教えてくれた。

そして、プライベートビーチで鳥さんからもらった宝石のことを騎士団長に報告すると、すぐに国王陛下にも連絡が入ったようだ。

本日の練習が終わってから、ルーレイとジュリアンに見てもらう予定である。

絶対に魔法が関係している気がするんだよなぁ。

一時間ほど練習を終えるとティナが迎えにやってきた。

「エルちゃん、騎士団長が呼んでいるわよ」

「あーい」

「ルーレイさん、ジュリアンさん、ではよろしくお願いします」

ティナが頭を下げると二人は頷いて一緒に歩きだした。

私の部屋に移動して二人は、ソファーに並んで座った。

私はルーレイの膝の上に抱っこしてもらっている。

ジュースを飲みながら待っていると騎士団長が入ってきた。

挨拶を終えると早速、テーブルの上に置く。

まだ布に包まれた状態なのに、二人はとても怪訝そうな表情を浮かべている。

「これはどこから持ってきたものなの？」

「こんなところに置いてあっても大丈夫なの？」

まだ布を開いていないのに魔力が強いのが二人にもわかるようだ。

騎士団長が厳重に保管された箱を開ける。

そっと布を開くと青色のキラキラに輝く宝石が姿を現した。

「ものすごい魔力」

「これはすごい……」

二人は唖然としている。

事情を説明すると、なんで鳥さんが持っていたのか不思議だと言った。

これは一刻も早く専門家に分析を頼んだほうがいいということになった。


それから数日後、鑑定結果が出て、驚くことにサタンライオンの呪いを解くために必要な五つの宝石の一つだった。

私が三歳になったら残り四つの宝石を見つけに行くことになっているのだけど、野生の鳥さんが持っていたなんて……。

見つけるのがすごく大変そう！

私がもふもふ動物とのんびり過ごせる日はいつになるんだろう？

＊＊＊

『エルネットちゃんっ、あなた、可愛そうな運命を背負った赤ちゃんだったのに、頑張ってるじゃない』

甲高い声が耳に響いて、目が覚めた。

ゆっくりと瞳を開くと、スラーっと背が高くて、水色の髪の毛を二つに結んで、クリクリとした大きな目の女性……、あ、女神様だ！

私にしか見えていないのか、ジークは隣でグッスリと眠っている。

『お菓子スキルともふもふスキル、満足してくれてる？』

「してりゅけど、まほうとか、きいてにゃいっ！」

私がムッとした口調で言うと、女神様は楽しそうにクスクス笑っている。

『エルネットちゃんなら、きっと明るい未来が待っているから大丈夫よ。頑張ってね〜』

好きなことだけ言って女神様は消えてしまう。

私が寝ぼけていたのだろうか?

ぼんやりとしていた私は、そのまま眠りについた。


「エル、おはようごじゃいまちゅ」

二人きりだと相変わらず赤ちゃん言葉で頬ずりしてくるジークをギロッと睨む。

「もう、あかちゃんじゃないもーん」

「エルが可愛いからでちゅよ」

ベタベタしているとコンコンと、扉がノックされて騎士団長が入ってきた。

ジークはいつものように冷静な表情に戻り、騎士団長に礼儀正しく頭を下げる。

「おはようございます」

「おはよう」

騎士団長は朝食の前に私の様子を見に来たようだ。

「よく眠れたか?」

頭を撫でてやさしい笑みを浮かべてくれる。

続いて入ってきたのはスッチだ。

「おはよう、エルー」

みんながいるのに、堂々と抱きしめてくるスッチにジークは、少し羨ましそうな表情を向けている。

最後に部屋に来たのはマルノスだ。

「おや、皆様お揃いだったんですね。エル様おはようございます」

時間があればちょくちょくと顔を見せてくれる騎士団だが、今日は朝から全員が勢ぞろいした。

そこにティナが入ってくる。

「まあ、朝からみなさん、どうしたんですか？」

「エルの顔を見たら一日頑張れるから会いに来てしまったんだ」

騎士団長の発言に全員が同意したように頷いている。

「そうですか。エルちゃん今日着るお洋服を選びましょうね」

クローゼットを開くと、そこには騎士団や国王陛下から頂いたワンピースやドレスがたくさんかけられている。

毎日一着ずつ着てもすべて着られない量だ。

騎士らはそれぞれが自分の着せたい服を選んできて、全員が膝をついて私の前に差し出してきた。

「さぁ、どれにする？」

選べなくて困ってしまった私は眉根を寄せた。

「朝から困っているではないですか。着替えは私と二人でやりますので、早く朝食会場に向かってください」

ティナに怒られてしまった騎士らは、苦笑いを浮かべて立ち上がった。

「みんな、いってらっしゃーい！」

私が見送ると騎士らは笑みを浮かべて部屋を出ていく。

イケメンのお父さんがいっぱいいるみたいで、嬉しい。

お父さんなんて言ったら申し訳ないくらい若いけど……。

お父さんというか、お兄さん？

私は今日もみんなの愛情をたっぷりと感じながら、一日を過ごしていくのだろう。

私は可哀想な運命なんかじゃない。

イケメンの騎士に可愛がってもらっているし、ティナを筆頭にメイドのみなさんにもたくさん愛情をかけてもらっている。

美味しいお菓子を作る時間も与えてもらっているし、外に出れば動物たちが集まってくる。

両親には捨てられてしまったけどとても楽しい毎日だ。

これからもきっと、愉快でハッピーな日々が待っているに違いない。

「じゃあ、オレンジにしようか」

ティナがワンピースを手に持ってうかがうように首を傾けている。

「あいっ」

私は右手をピンと上げた。

エピローグ

庭にある木が少しずつ色づきはじめてきた今日この頃。

朝晩は冷え込むことがあるけど、昼間はまだ暖かい。

外でおやつタイムをするのにはちょうどいい気候である。

私はお願いをして、月に一回だけ、ことりカフェを開かせてもらうことになった。

といっても、騎士団を集めて、お菓子を振る舞うだけの身内だけの細やかなティータイム。

今日、私はチョコバナナケーキを作った。

自分で作ったわけではなく、レシピを誘導して作ってもらったんだけどね！

焼き上がるのをオーブンの前で待っていた。

だんだんと甘い匂いがしてくる。

美味しそうなので思わず唾をゴクンと飲んでしまう。

一緒に作ってくれた調理場スタッフもできあがるのが楽しみのようで、今か今かと待っていた。

早く大人になって自分でお菓子を作りたいなぁ。

お菓子ってなんでこんなにも夢が広がるのぉ〜〜〜!!

「焼き上がったわ」

オーブンから出してくれると、美味しそうに焼けていてバナナの香りがとてもいい。

「さすが、エルちゃんね!」

褒められるけど私は謙遜する。

だって、自分の力じゃなくてスキルのおかげなんだもんっ。


庭に移動をしてことりカフェをするために準備をする。

テーブルにテーブルクロスをかけて、テーブルの中心に花瓶を置いてお花をさした。

近くに手作りの花飾りを置く。

ティナとメイドさんがティーカップとポットを用意してくれた。

準備は万端だ。

ただのお茶会ではなくことりカフェをやりたかった。

『じかんがあればあそびにきてねっ』と、あらかじめ鳥さんたちに話をしておいたのだ。

準備をしていると次々と鳥さんたちがやってくる。

セキセイインコさんのような緑や水色のカラフルな鳥さんや、オカメインコさんのようにほっぺたがオレンジ色の可愛らしい鳥さん、桜文鳥のような小さな鳥さんなど自分の予想以上にたくさん集まってくれた。

「みんな、ありがとぅ」

ピーピー、チュンチュンと元気な声で鳴いてくれている。

集まってくれたインコさんたちを可愛いくしてあげたい。

「リボンちゅけてあげるー」

鳥さんたちは楽しそうに私の目の前に整列してくれる。

私は手のひらをかざした。

「リボンッ」

私が魔力を込めて言葉を発すると、鳥さんたちの首にリボンがついていく。

こういう簡単な魔法なら使えるようになった。

リボンがついた鳥さんらは、とても可愛らしくて私はニッコリと微笑む。

ティナやメイドさんたちも、ほっこりとした表情を浮かべていた。

騎士団長筆頭にジーク、マルノス、スッチがやってきた。

「いらっしゃいませ～」

私はもっとことりカフェっぽくしたくて、自分のワンピースにエプロンをかけた。

私のサイズにピッタリ合うようにフリフリのエプロンを作ってもらったのだ。

私の姿を見た四名の騎士は頬をピンク色に染めている。

「エル……それは可愛すぎるだろ」

騎士団長が口元を押さえてボソッと何か言ったが、私の耳にはちゃんと聞こえていない。

「さあ、しゅわってくだしゃーい」

日頃一生懸命働いているみんなにリラックスしてもらいたいと思って、月一回開いていることりカフェ。

騎士たちがテーブルについて椅子に腰をかけると、ティーカップが用意され紅茶が注がれる。

「きょうは、チョコバナナケーキでーしゅ！」

騎士団長が目の前に出されたケーキを見て、嬉しそうな表情を浮かべている。

スッチは「待て」をされた犬のようで、今すぐにでも食べたそうにしている。

ジークは腕を組んでいるが、ケーキには興味津々。

マルノスは穏やかに笑ってお行儀よく持っている。

全員揃うと、みんなイケメンなのでやっぱり迫力があるなぁ。

「どうぞ、たべてくだしゃい」

私が言うとみんな口に運んで、もぐもぐと美味しそうに食べて頷いてくれる。

「美味しい。今日も素晴らしいケーキを用意してくれてありがとうエル」

「だんちょー、こちらこそ」

騎士団長と私が見つめ合って微笑んでいると、私の肩をぽんぽんと叩くのはジークだ。

まるで俺のほうも見てくれというような感じがした。

「最高だ。チョコレートが甘すぎなくていい」

「ジーク、いっぱい食べてね」

私がニッコリと笑った後、マルノスに視線を動かした。

彼は穏やかな表情を浮かべて、ケーキがなくなってしまうのが惜しいというように食べている。

「美味しいし、鳥さんの鳴き声が癒されますね。ケーキが美味しすぎてなくなってしまうのが残念です」

「また、ちゅくってあげるよ！」

「エル様」

マルノスと話しているのに、あっという間に食べ終わったスッチが話しかけてくる。

「エルー、ことりカフェ最高だよ。エルが大きくなったらことりカフェを開いたらいいんじゃない？」

異世界でことりカフェ。

悪くない。

将来の夢はことりカフェのオーナーということにしようかな？

いっぱい、鳥さんのお友達を作って、協力してもらおう！

夢が広がって、楽しい気持ちに包まれていく。

「美味しくてもう食べちゃった！　おかわりはあるの？」

スッチが大型犬のように愛嬌たっぷりな瞳を向けてくるので、私は苦笑いしてしまう。

もっとたくさん作っておけばよかったかなぁ。

それにしても、スッチったら食べるのが早すぎだ。

ティナがフォローしてくれる。

「夕食もあるのですから、そんなに食べてはいけませんよ」

「えー、残念」

ナイス、ティナ！

私も椅子に座って自分でケーキを食べはじめた。

さすがは美味しいお菓子が作れるスキルを身につけているだけある。レストランで出してもいいほど美味しくて自画自賛！

月に一回だけど、こうしてことりカフェはこれからも続けていきたい。

みんなが喜んでくれるのが嬉しくて、いろんなお菓子を作っていきたいと思っていた。

「ことりカフェをやっているという話を、国王陛下にしたら羨ましがっていた」

食べ終えた騎士団長がテーブルの上に肘をついて、指を重ね合わせながら私に言う。

「じゃあ、しょうたいしゅる」

「ああ、きっとお喜びになると思うぞ。リーリア様も来たがるだろうな」

「リーリアしゃまも、およびしゅる！」

「それは、いい考えだ」

他の騎士たちが頷いている。

大勢で食べたほうが楽しいだろうけど、いっぱい作らなきゃいけないから大変だ。

私は自分で作れないから、調理場のみんなに手伝ってもらうしかないかな。みんなやさしいから、きっと、快く手伝ってくれるだろう。

どんなお菓子が喜ばれるかな？

大量に作ってバイキング形式にするのなんて、いいかもしれない。

みんなで食べられるような、大きなケーキもいいなぁ。

また頭にパソコンの画面を思い浮かべて検索してみよう。

こういう時こそ、美味しいお菓子が作れるスキルを使わなきゃねっ。

想像すると楽しみで次のことりカフェが待ち遠しい。

ヒュルル、ピュー。

ピーチッチ。

私の頭に鳥さんが飛んできて、楽しそうに歌っている。

鳥さんのさえずりが響き渡る中、太陽の日差しが暖かくて私は幸せな気持ちになった。

これからどんな未来が待っているかわからないけれど、運命は自分で切り開けるのだと信じて、前向きに頑張ろう。

「エルー、何考えてるの？」

ぎゅっとスッチが抱きついてきて、頬をスリスリしてきたので、私は苦笑いを浮かべた。

おわり

コスミック文庫 α

可《か》哀想《わいそう》な運命《うんめい》を背《せ》負《お》った赤《あか》ちゃんに転生《てんせい》したけど、もふもふたちと楽《たの》しく魔《ま》法《ほう》世《せ》界《かい》で生《い》きています！

【著者】　ひなの琴莉《ことり》

【発行人】　杉原葉子

【発行】　株式会社コスミック出版
〒154-0002　東京都世田谷区下馬 6-15-4

【お問い合わせ】 一営業部一 TEL 03(5432)7084　FAX 03(5432)7088
一編集部一 TEL 03(5432)7086　FAX 03(5432)7090

【ホームページ】 http://www.cosmicpub.com/

【振替口座】　00110-8-611382

【印刷／製本】　中央精版印刷株式会社

ISBN978-4-7747-6286-9 C0193